LES FORGES MYSTÉRIEUSES,

OU

L'AMOUR ALCHYMISTE.

Tom 4.eme

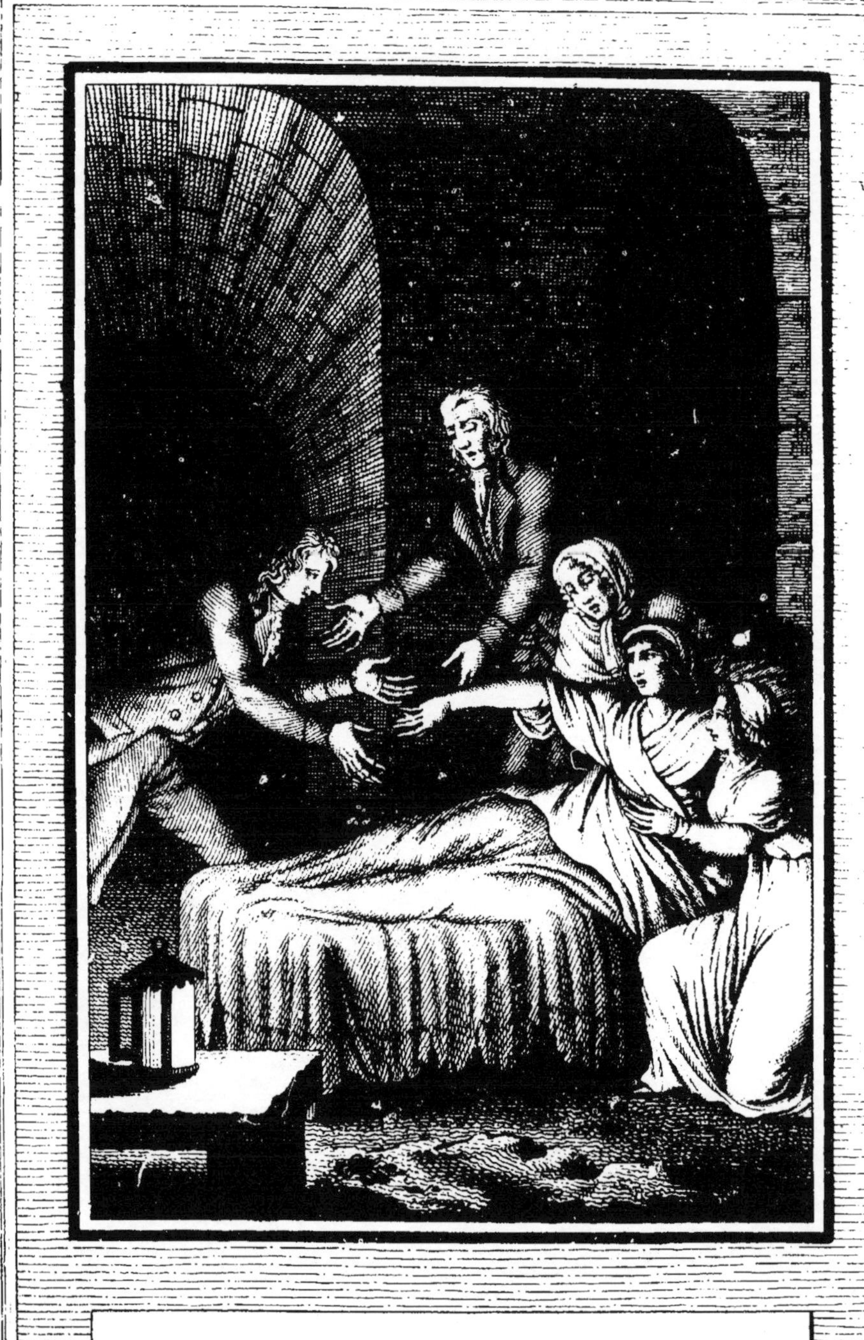

Que je suis malheureuse ! et qu'Auguste est coupable.

Del. Sculp.

LES FORGES MYSTÉRIEUSES,

OU

L'AMOUR ALCHYMISTE.

Par M. GUÉNARD de Faverolle,
ancien Capitaine de Dragons.

TOME QUATRIEME.

A PARIS,

CHEZ
- L'Auteur, rue de la Tour-d'Auvergne, n°. 135.
- Madame Bouquet, imprimeur-libraire, rue du Marché-Palu, n°. 10.
- A la librairie rue des Prêtres-St.-Germain-l'Auxerrois, n°. 44.
- Mademoiselle Durand, Palais du Tribunat, gallerie de bois, n°. 253.

AN IX.

Je place la présente Édition sous la ſauvegarde des lois, et de la probité des citoyens. Je déclare que je pourſuivrai devant les tribunaux tout *contrefacteur*, *distributeur ou débitant* d'Édition contrefaite ; j'aſſure même au citoyen qui me fera connoître le *contrefacteur*, *distributeur ou débitant*, la moitié du dédommagement que la loi accorde.

GUÉNARD *de Faverolle.*

LES FORGES MYSTÉRIEUSES, OU L'AMOUR ALCHYMISTE.

MON premier désir avoit été de me rendre à Clermont pour y revoir Euphrasie et son respectable pere ; mais pensant que la baronne étoit avec eux, je crus que ce seroit un moyen de me perdre sans les sauver. Je me résolus donc à chercher Longpré, qui seul pouvoit me prêter l'argent dont j'avois besoin. Nous avions continué à nous écrire pendant que j'étois à Londres et en Hollande. Forcé d'éviter Paris, je pris mon chemin par l'Alsace pour gagner la Flandre. En arrivant à Strasbourg, la premiere personne que je rencontrai fut la d'Elbrac, qui ne me reconnut pas. Je demandai à quelqu'un qui se trouvoit là, qui étoit cette dame. C'est la femme de M. Laroche, gros fournisseur de la République ; mais son mari a dans ce moment-ci une mauvaise affaire. Il a été pris par les Autrichiens ; on assure que leur général veut le faire pendre pour avoir fourni à faux poids, des vivres que ce brave homme voloit à la République ; et s'il revient en France, un sort approchant l'attend pour avoir fait passer nos fourrages à l'ennemi. Ainsi je ne vois pas trop comment il échappera : et en effet peu de jours après on apprit que le pauvre diable avoit subi son sort, et expié de cette maniere les vols qu'il avoit faits à mon pauvre grand-pere. Sa veuve, qu'il n'avoit point épousée heureusement pour elle, crut se mettre à l'abri de toutes recherches de complicité avec lui, en reprenant le nom et les mœurs de madame d'Elbrac.

J'étois resté à Strasbourg, parce

que j'avois espéré y trouver les moyens de mettre à exécution mon projet. Il y avoit dans cette ville un juif que j'avois connu autrefois, et qui m'avoit promis de me prêter l'argent nécessaire ; mais au moment de conclure, c'étoit à des conditions si onéreuses, que pour cent louis, dont j'avois indispensablement besoin en or, il m'auroit fallu souscrire une obligation à très-courts termes, de plus de dix mille livres payable en lingots : il étoit possible que je ne fusse pas en mesure à ces époques de payer, et que cela me mît dans le plus cruel embarras. On m'indiqua la d'Elbrac, comme faisant ce métier d'une maniere un peu moins usuraire que les Israëlites, et je me décidai à l'aller trouver. Je m'appellois toujours Mathurin-Lullier, et ma fortune ne me permettant point de changer d'habit, j'avois bien l'air d'un bon auvergnat.

Quand j'entrai chez la veuve, je fus frappé de la magnificence de son ameublement, et de l'air comiquement majestueux qu'elle avoit. Elle ne se leva point quand j'entrai, et me dit, en me regardant par dessus l'épaule : qu'est-ce que vous voulez, mon ami ? — Ce que je veux, madame ? de l'argent, qu'on dit que vous vendez à un assez bon prix. — Qui a pu dire cette impertinence ? Je ne vends point d'argent, je respecte trop les loix ; je prête à mes amis à un modeste intérêt. — Et quel est-il ? — Mais sur de bons effets, à cinq pour cent ; par mois s'entend. — Et sans effets ? — Il est bon là ! sans effets, je ne prête rien. — Je pensois, madame, que je pourrois avoir quelques droits à votre confiance — Et quels sont-ils ? — Je ne croyois pas être obligé de vous les rappeller, madame, et votre mémoire pourroit vous servir. — Ah ! mon dieu, on voit tant de gens qui viennent pour emprunter, qu'on ne peut se souvenir de tout le monde. — Je suis bien sûr que ce pauvre M. Laroche m'auroit parfaitement reconnu. — Cela est possible. — C'étoit un bon diable que ce pauvre Laroche, c'est dommage qu'il ait été pendu : mais que voulez-vous? on ne peut éviter son sort ; et il a payé à Mayence ce qu'il devoit dès Paris. — Mais vous êtes bien familier, mon cher, savez-vous que si vous continuez ainsi, je vous ferai mettre à la porte par mes gens? — Votre tante madame de Richefort, quoiqu'un peu folle, étoit plus jolie que vous. Y a-t-il long-tems qu'elle est morte? — Mais quest-ce que cela vous fait? — C'étoit une de mes amies, et je suis bien aise d'avoir de ses nouvelles. — Vous, ami de la marquise de Richefort! — Et pourquoi pas? vous étiez bien celle très-intime de feu Pierre ; et vous souvient-il, car je vois bien qu'il faut aider votre mémoire, de cette nuit, où vous étiez couchée avec lui et votre prétendue sœur? — Aurez vous bien-tôt fini vos impertinences? je vais sonner. — Sonnez si vous voulez ; cela fera plus de témoins pour la reconnoissance.

— C'est une belle chose qu'une reconnoissance. — Vous m'impatientez. — Ce n'est pas mon projet ; mais pour en revenir au sujet de ma visite, j'ai besoin de cent louis, et je vais vous faire mon billet en marcs d'argent pour cent cinquante, payable dans six mois, c'est à cent pour cent ; je crois que c'est assez. — Mais sur quoi ? — Sur ma bonne mine ; et je me sens même le désir de vous payer quelqu'intérêt en nature. — Mais voyez l'insolent. Sophie, Lafleur. — Ils sont sortis ; et ils seroient ici que je m'en moquerois ; car enfin n'est-il pas juste, qu'ayant profité des vols de Pierre, vous m'aidiez à sortir d'embarras. — Mais qui êtes-vous ? — Faut-il enfin vous le dire? Je suis, en ôtant ma perruque noire, le comte de Vergy. Ah ! mon Dieu, me dit-elle, pourquoi m'avoir trompée de cette maniere, et pouvois-je reconnoître, sous cette bure, le charmant comte de Vergy, le cher Auguste. Je vis que l'article des intérêts, non ceux à cent pour cent, mais les autres avoient fait effet ; et se ressouvenant des plaisirs que je lui avois procurés, elle paroissoit désirer en jouir encore. Pour moi, que mon séjour de la tour et l'embarras de mon voyage, avoient tenu éloigné d'un sexe que j'adorois, sans préjudice des sentimens plus tendres et plus délicats que j'avois pour Euphrasie, je n'étois pas très-fâché de l'occasion ; et l'ardeur de mes désirs, ne me laissoit pas réfléchir que la chere d'Elbrac étoit la veuve d'un pendu. Elle sonne Sophie, lui recommande de ne laisser entrer personne, et de nous apporter à déjeûner. Un pâté de foies d'oie, du vin du Rhin et des saumonneaux étoient pour Maturin-Lullier, un repas fort délicat ; mais rien n'étoit trop bon pour le cher Auguste. Elle commença par me dire que non seulement elle me donneroit les cent louis dont j'avois besoin ; mais tout ce que je désirerois. Qu'elle n'avoit point oublié la générosité de M. d'Albon pour sa tante, qui n'en avoit pas joui long-tems, étant morte six mois après, rien n'ayant pu la consoler de la perte de son vieil amant. Elle me demanda des nouvelles de mon parent. Je ne crus pas devoir lui dire qu'il étoit en prison; je ne pouvois prendre en elle assez de confiance; et tout en la trouvant encore assez belle pour passer quelques heures agréables, je ne l'en estimois pas davantage. Notre repas fini, je commençois à prendre des libertés qu'elle ne repoussoit que pour la forme; et je crois que nous en serions venus au dernier dégré d'intimité, avant qu'il fût peu, si nous n'eussions été interrompus par un fort grand bruit à la porte, que Sophie s'obstinoit à ne point ouvrir; mais enfin, au nom de la loi, il fallut bien qu'elle cédât; et nous vîmes entrer la garde nationale, et une députation de la municipalité, qui signifia à la d'Elbrac un mandat d'arrêt, comme ayant été de moitié dans les friponneries du pauvre défunt. Je fis ce que je pus pour la défendre;

fendre ; mais voyant que je me compromettois sans la sauver, je trouvai plus prudent de la laisser se démêler comme elle pourroit avec la justice. D'ailleurs, si on ne pend point un homme qui a cent mille écus, on punit encore moins une belle femme qui a des mœurs aussi faciles que la d'Elbrac ; et je ne doutois pas qu'elle ne s'en tirât. J'eus seulement regret de ne m'être pas fait donner les cent louis, qui même eussent été pour elle une ressource, et que la nation auroit eus de moins. La quittant, je partis de Strasbourg, je gagnai Valenciennes, où je demandai en arrivant des nouvelles de la famille Longpré. J'appris que le pere et la mere étoient en prison, parce que leur fils avoit émigré : cette ressource me manquant encore, et ayant très peu d'argent dans ma poche, je m'en revenois tristement à mon auberge, quand j'apperçus mademoiselle Julie. Elle eut d'abord quelque peine à me reconnoître ; mais l'ayant abordée, elle me dit : ah ! c'est vous, monsieur de Vergy ; y a-t-il long-tems que vous n'avez vu M. le major ? — Il y près de deux ans : mais c'est un petit volage, il vous avoit fait infidélité à Bésançon, pour la femme d'un procureur. — Ah ! je ne comptois pas beaucoup sur sa constance pour moi. Vous avez su que grace à la méchanceté de vos camarades, mon pere me fit partir pour Paris, où je me suis mariée à un bijoutier. Le pauvre homme est mort fort peu de tems après, et m'a laissé une fortune assez honnête ; et au moment de la révolution, je suis venue ici, où mon pere venoit d'être nommé commandant temporaire, ce qui est une belle place ; aussi je passe fort agréablement mon tems. Je suis très-liée avec les femmes du maire, du procureur de la commune, et dans tous nos banquets civiques, je suis toujours au haut bout de la table : vous pensez, monsieur de Vergy, que cela fait un certain plaisir ; et puis, nous n'avons plus de femmes de nobles, qui ne regardoient pas les filles d'officiers de fortune, elles sont presque toutes ou enfermées ou émigrées ; de sorte qu'on est bien mieux à présent, on brille tout à son aise, et je vous assure que la révolution est une très-bonne chose. Mais dites-moi donc, pourquoi êtes-vous si mal vêtu ? — Parce que je n'ai pas le moyen d'être mieux. — Venez chez moi, monsieur de Vergy, et nous causerons.

Quoique je ne me sentisse pas beaucoup d'inclination pour les dames qui en avoient pour le nouvel ordre de choses, cependant l'embarras où j'étois me détermina à accepter ce qu'elle paroissoit m'offrir : elle me fit entrer dans la salle à manger, et me proposa de dîner avec les dames de la municipalité, ce que je refusai sous prétexte que j'avois le projet de prendre la voiture qui passoit à une heure ; mais dans le vrai, parce que je ne voulois pas être connu sous mon véritable nom. Elle sortit un instant, et revint avec un porte-feuille extrêmement joli. Je n'ai pas oublié, me dit-elle, la nuit agréable que nous avons passée ensemble, je vous prie, acceptez ce souvenir qui est de mon ouvrage. Je l'ouvris et appercevant des assignats, madame, vous avez oublié. — Non, non, permettez-moi de vous les prêter; je voudrois être plus riche, la somme seroit plus digne de vous être offerte. — Je ne vous cache point qu'elle vient bien à tems, car je ne savois comment me rendre à Paris, où j'ai vraiment affaire; et dès que j'y serai je vous là renverrai. — Quand vous voudrez, je n'en suis nullement pressée. Je voulus lui témoigner ma reconnoissance, de la seule maniere qui fût en mon pouvoir; mais elle me dit que madame la maire alloit venir, et que cela n'étoit pas possible. Me souvenant de l'étonnant contraste de ses charmes connus, et de ses charmes secrets, je n'insistai point; mais je n'en étois pas moins surpris, que la seule femme à qui j'avois fait volontairement du mal, eût la bonté de n'en accuser que mes camarades, et vînt si généreusement à mon secours. J'en concluois toujours que ce sexe valoit mieux que le nôtre, en exceptant cependant la vicomtesse et la baronne.

Je quittai Julie pour prendre la diligence, et me rendre enfin à Paris, malgré les dangers que je pourrois courir. Je ne voyois d'autre moyen de me procurer ceux de mettre à exécution mon projet. Mon passe-port me servoit merveilleusement, et je comptois bien qu'il me feroit échapper aux recherches de la vicomtesse. Grace aux deux cents livres que la bonne Julie m'avoit prêtées, je m'embarquai dans la diligence avec un administrateur du district, deux prêtres, un insermenté et un constitutionel, deux militaires et une femme de troupe.

Celle-ci fut la première qui prit la parole, femme et coquine, que de raisons de parler. Elle agaceoit les militaires, dont un étoit son mari à la façon de la République, et leur tenoit des propos si lestes, que les pauvres prêtres, même le constitutionel, ne savoient où mettre leurs oreilles. Pour moi qui ne suis point de ceux qui croient qu'on peut tout dire, quand on veut tout faire, j'ai toujours haï les paroles grossieres, et une femmes fût-elle belle comme Venus, dès qu'elle a le ton de la mauvaise compagnie, elle me déplaît siuguliérement; je crus donc devoir lui imposer silence, en lui faisant observer que si elle ne se respectoit pas elle-même, elle devoit au moins respecter ces messieurs, en montrant les ecclésiastiques. — Bah ! me dit-elle, les croyez-vous donc si délicats? et s'ils *étions* tête-à-tête avec moi, ces messieurs, puisque messieurs il y a, vous verriez qu'ils ne feroient pas tant la petite bouche ; et en disant cela, elle passoit la main sous le menton du non assermenté : laissez-moi, lui disoit-il—Eh ! bien, je ne vous emporte pas. — Cela devient trop fort, madame. — Je ne suis point une madame, je suis républicaine. — Tant mieux pour vous ; mais je respecte trop le nom de citoyen pour le donner indiféremment. Cependant, mon ami, me dit l'administrateur, la loi oblige. — La loi ne peut se mêler de pareilles bêtises; la loi n'est que pour réprimer, ou pour punir les abus contraires à la société, et peu importe que je me serve d'une expression ou d'un autre, pourvu que je remplisse mes devoirs. — Vous êtes dans les bons principes, me dit le non assermenté, nous ne devons être soumis qu'à ce qui tient à l'ordre général. Ce mot engagea une discusion entre les deux prêtres, qui défendirent tous deux leur cause avec esprit et politesse, choses qui ne se trouvent pas toujours dans les querelles de parti. Je prenois part à leur conversatiom, et j'étois comme Henri IV, je trouvois que tous les deux avoient raison. Le plus grand avantage que nous retirâmes de cette discussion, fut d'endormir complettement la vivandiere, ses amans et même l'administrateur, et alors nous fûmes plus à l'aise.

Cependant je ne crus pas prudent de découvrir mon nom ; et quoique les ecclésiastiques jugeassent bien que je n'étois pas Mathurin Lullier, je ne leur en dis pas davantage qui j'étois. Rien ne donne tant de considération que l'air de mystere ; ainsi ils se persuaderent que j'étois une personne de marque qui me rendois à Paris pour une mission importante, et ils me combloient de témoignages de respect. Je les priois de me marquer moins d'égards, que je n'étois qu'un marchand forain qui faisoit médiocrément ses affaires. Ils ne m'engagerent pas moins à manger seul avec eux, et nous laissâmes l'administrateur, qui n'étoit, il faut en convenir, qu'un ci-devant perruquier, avec les soldats et leur donzelle, ce qui me convenoit infiniment mieux, mais qui n'en étoit pas plus prudent. Tout le reste de la route ils nous firent grise-mine. Nous continuions à faire chambrée séparée; et enfin nous arrivâmes à Paris. Mais nos gaillards nous avoient quittés à Bondi ; et en mettant le pied à terre, nous fûmes arrêtés tous les trois, et conduits à la mairie. Je tremblois d'y trouver Picard, qui m'auroit infailliblement reconnu ; mais heureusement il étoit occupé à quelqu'autre expédition, ou il n'étoit plus en place, on pense bien que je ne m'en informai pas.

Nous fûmes vingt-quatre heures sans que l'on nous interrogeât; et nous mourrions de faim et d'ennui, lorsqu'enfin on nous fit entrer dans l'assemblée. Ce fut alors que je sentis tout l'avantage des habits grossiers dont j'étois couvert. Ils étoient si analogues à mon passe-port, que l'on me regarda comme un excellent patriote; mais on trouvoit seulement mauvais que j'eusse préféré la société de prêtres à celle de braves défenseurs de la patrie, et d'un honnête administrateur. Je dis que j'étois si pauvre, que j'étois resté à la table de ceux qui payoient pour moi.

— O ! voilà bien comme ils sont : ils cherchent, par l'argent qu'ils ont volé au peuple, à séduire les hommes simples. — Je vous assure qu'ils ne m'ont rien dit contre la République. — N'importe, on va te mettre en liberté, parce que tu fais partie du souverain ; mais pour eux nous les tenons, nous ne les lâcherons pas. Je fus désolé d'être cause que ces dignes gens seroient détenus ; mais je n'y pouvois rien ; et je me trouvai fort heureux d'échapper aux griffes des dignes administrateurs du régime révolutionnaire. Sur-le-champ je pensai à Eulalie, car je n'avois plus d'espoir qu'en elle ; je crus cependant devoir éviter de me montrer le jour, dans la crainte de rencontrer la vicomtesse. Ainsi en sortant de la mairie, je fus me renfermer à l'hôtel des Patriotes, rue de l'Echelle. L'hôtesse étoit bavarde comme elles le sont toutes : trompée par mon passe port et mon costume, elle me crut de ces jeunes gens qui viennent des montagnes de l'Au-

ergne, prêter leurs forces aux ma-
ons de toutes les grandes villes. J'a-
ois pris l'habitude, pendant mon
éjour à Olnac, d'imiter l'accent au-
ergnat, de sorte que tout concou-
oit à me déguiser entiérement. Mon
ôtesse parut me voir avec grand
laisir. A propos, vous saviez qu'à
ette époque tout le monde citoyen-
isoit; mais je vous préviens que mal-
ré mon respect profond pour cette
ualité, je ne l'emploierai point, si un
our ces mémoires sont imprimés. J'ai
emarqué que rien ne faisoit un si
nauvais effet dans un livre, que ce
rand C, qui est une lettre vide, où
on accole un *en* ou *enne*, ce qui
end la lecture fatiguante; au lieu
u'une M se place avec grace au mi-
ieu d'une ligne. Aimant beaucoup
a typographie, j'appellerai mes per-
onnages ou par leur nom, ou M. et
nadame. Mon hôtesse s'informa
l'où je venois, où j'allois, ce que
'avois fait, ce que je voulois faire.
e viens de mon pays, lui dis-je,
our rester à Paris. J'ai travaillé, et

je travaillerai. — Diable, Mathurin, tu es *lacomique.* — Le plus que je peux. — O ! tout le monde n'est pas de même : nous avons ici madame Trichet, ce nom me fit frissonner, qui est la sœur d'un représentant de la convention ; il y a deux ans qu'elle est ici, je crois que le bec ne lui a pas clos depuis qu'elle y est. C'est une brave femme, une bonne patriote ; ah ! ça ne manque pas une assemblée, toujours des premieres à la tribune, ça applaudit quand on fait des *émotions* qui portent ; et puis elle a madame sa fille : ah ! qu'elle a un drôle de nom, celle-là, elle s'appelle Commemouche. — Il est plaisant. — Mais c'est-*z'une* belle femme ; aussi elle a tout plein de ces messieurs qui lui font la cour, elle est mise comme une ci-devant duchesse. Cependant on dit que son mari n'est qu'un chirurgien de village ; mais qu'est-ce que cela fait, on est tous égaux, n'est-ce pas, mon garçon ? — Oui, madame. — Mais tu es bien comme les gens de

ton

ton pays, guere éveillé; mais tu te formeras à Paris. Veux-tu rester ici comme officieux? — Qu'est-ce que cela veut dire? — C'est ce qu'on appelloit autrefois valet; mais les républicains ne le sont de personne. — Eh bien, je suis donc plus fiere qu'eux, car je ne veux pas plus être officieux que valet; qu'importe le nom, c'est la chose. — Que feras tu donc? — Je vous l'ai déja dit, je travaillerai. — Ah! si tu avois voulu, j'auroit pu te placer chez madame Menerville, la veuve d'un général, qu'un *godeluriau* de noble a tué pour l'amour d'une none. Je ne respirois pas pendant le récit qu'elle continua ainsi, sans s'appercevoir du trouble qu'il me causoit. Madame Menerville vient ici souvent, pour causer avec madame Trichet. Ah! ce sont les deux doigts de la main; et je suis bien sûre que si j'avois dit un mot et quatre bredouilles à madame Trichet, elle auroit parlé à madame Menerville, et comme elle aime bien les jolis garçons, et n'en trouve plus guere, tu aurois eu tout de suite ton affaire dans le sac. — Je vous remercie, je ne veux rendre ni office ni service à vos dames Trichet, Menerville, Commemouche, Gobemouche, tout ce qu'il vous plaira, je ne veux avoir avec elles aucun rapport, ni de près ni de loin. — Tu as tort, mon enfant, tu as tort. On commence par-là; puis on va-*t'au* Perron, on gagne de l'argent, on achette des bons nationaux, on est fournissant, représentant, que sais-je. — Et on finit, lui dis-je, par avoir le cou coupé. — *Queuque* fois; mais on s'est bien diverti en attendant. Bonne vie et courte. — Et moi je dis longue et honnête. — Ah! *ben*, avec *c'te* morale-là, tu feras aussi bien de retourner dans tes montagnes, car tu ne feras rien; et si,... Mais on m'appelle; et en disant cela elle emporte la seule chandelle qui éclairoit la petite salle basse, où elle causoit si longuement avec moi. Un moment après, je la vois revenir avec deux femmes,

Vous pouvez, mesdames, causer ici tout à votre aise, personne ne vous dérangera; car ma bavarde avoit oublié qu'elle m'y avoit laissé. Dès que j'eus entrevu leurs traits, je me glissai, sans qu'elles s'en apperçussent, derriere un vieux paravent qui servoit à cacher un lit de sangle où couchoit l'officieux; je me tapis dessus, au risque d'y trouver compagnie; mais ce danger n'étoit rien en comparaison d'être remarqué par ces deux femmes. Je n'avois eu le bonheur d'échapper à leur vue, que par la couleur rembrunie de mon habit, et la préoccupation de leurs pensées. L'hôtesse ferma la porte, et ces deux dames s'assirent, l'une auprès de l'autre. Je crois qu'il est inutile de vous apprendre qui elles étoient; et la frayeur qu'elles me firent éprouver en les voyant entrer, a dû les faire connoître pour madame Trichet et la vicomtesse.

LA VICOMTESSE.

Oui, mon cœur, rien de plus

vrai : on a fouillé dans tout le château, il n'y est pas, c'est certain. La gendarmerie est à ses trousses ; une fois pris, c'est l'affaire de huit jours; mais il faut le prendre.

Mad. TRICHET.

On a arrêté toute la famille.

LA VICOMTESSE.

Oui, ils sont à Clermont ; on les laisse en mue comme tant d'autres ; mais quand on les feroit venir, à quoi bon, tant qu'on ne tient pas Auguste ? Ils ne peuvent être que suspects, et la suspicion n'entraine pas la mort.

Mad. TRICHET.

Cela viendra, je l'espere.

LA VICOMTESSE.

Indispensable, si on veut que cela marche.

Mad. TRICHET.

C'est bien l'avis de mon frere, qui sûrement n'est pas-*t'une bête*.

LA VICOMTESSE.

Mais que ferons-nous ?

Mad. TRICHET.

C'est fort embarrassant ; car vous verrez qu'il passera de l'autre côté, et puis *coure-t'après*.

LA VICOMTESSE.

S'il se cache sous des habits de paysan, il n'échappera pas à la réquisition ; et alors avec un uniforme, son signalement le fera reconnoître. Il faut donc faire rendre les lois les plus séveres, pour qu'aucun homme de son âge ne soit exempt. Parlez-en à votre frere.

Mad. TRICHET.

Je n'y manquerai pas ; mais surtout n'en parlez pas à ma fille, car elle l'aime toujours. Vous savez ce que c'est qu'une premiere passion, ça tient comme rage ; et je suis-*t'assurée* qu'il n'y a rien qu'elle ne fît pour le sauver. Ce n'est pas franc *républicanisme* comme nous.

LA VICOMTESSE.

O ! il s'en faut bien ; pour moi j'ai tout perdu, et je ne regrette rien, excepté mon mari, que je pleurerai jusqu'à mon dernier jour. — En disant cela, je la voyois à travers les trous du paravent, qui tiroit son mouchoir.

Mad. TRICHET.

Pauvre petite femme ! ça me fend le cœur comme avec l'ongle ; laissez faire, nous l'aurons, et il paiera le chagrin qu'il vous cause.

LA VICOMTESSE.

Je le sens, la vengeance pourra seule appaiser ma douleur.

Mad. TRICHET.

Et puis, ce monsieur d'Albon, si fier, qui n'a pas voulu que son cousin épousât ma fille : croyez-vous qu'on puisse jamais faire de cela un bon citoyen ?

LA VICOMTESSE.

Et sa bégueule de femme, qui

s'est adressée à moi, pour la venger d'Auguste, qui a l'audace de trouver sa fille plus fraîche et plus jolie qu'elle. Cette femme ne vouloit-elle pas avoir les plaisirs, sans perdre la réputation. Quand nous la tiendrons ici, nous dirons tout cela dans son acte d'accusation ; car en République il faut des mœurs.

Mad. TRICHET.

O! oui, des mœurs, des mœurs, sans cela point de République. Et que ferons-nous d'Euphrasie ?

LA VICOMTESSE.

Je m'en chargerai, c'est encore jeune ; on la façonnera aux nouvelles coutumes ; et puis elle est jolie, nous la marierons avec quelque représentant, avec votre frere par exemple.

Mad. TRICHET.

Je ne sais pas s'il voudroit épouser une fille de la caste proscrite ; il est si délicat.

LA VICOMTESSE.

Si ce n'est pas lui, c'en sera un autre, on en tirera toujours parti; mais tout cela n'est pas le plus embarrassant, il faut avoir Auguste.

Mad. TRICHET.

Vout êtes donc bien décidée à vouloir qu'il meurt....

LA VICOMTESSE.

Ne sondez pas un cœur, qui ne peut se connoître.

Mad. TRICHET.

J'entends; on pleure un mari, c'est tout simple; mais on se souviens-z'*encore* d'un jeune homme que l'on auroit aimé, si le devoir l'avoit permis, si bien que je vous entends; on pourroit demander la grace... si....

LA VICOMTESSE.

Ah! ne me croyez pas capable d'une pareille foiblesse. Trahir la mémoire d'un époux, brûler pour son meurtrier. Non, non, j'aimerois mieux mourir que d'avoir cette pensée.

Mad. Trichet.

Ah! ne vous en défendez pas, vous l'aimez.....

La Vicomtesse.

Je ne le puis, je ne le dois; ainsi ne m'en parlez jamais, ma chere madame Trichet; parlez-moi de son supplice, qui appaisera les mânes de Scipion.... Mais je crains qu'on ne s'ennuie là-haut. Remontons, et faites-moi part de tout ce que vous saurez sur Auguste.

Mad. Trichet.

Je n'y manquerai pas.

Et enfin je les vis se lever et sortir, avec un plaisir qu'il n'est pas difficile d'imaginer.

Je restai sur mon grabat, tant j'étois plongé dans les plus profondes réfléxions; et devinez quel en étoit le sujet. — Mais la crainte d'être reconnu dans cette maison. — Non. — Le désir d'en sortir. — Non. —

De trouver le moyen de soustraire la famille d'Albon à la méchanceté de la vicomtesse. — J'y pensois, mais ce n'étoit pas ce qui m'occupoit le plus. — De faire arrêter la vicomtesse. — Moi, ah! pour cela non. — Je ne sais. — Et bien, voulez-vous que je vous le dise? D'aller coucher avec Cécile. — Ah! pour le coup vous êtes fou. — Pas tant que vous l'imaginez. Elle étoit belle, elle m'aimoit encore, et je pouvois en avoir besoin; et rien ne donne tant de reconnoissance aux femmes qu'une bonne nuit. — Mais vous allez vous perdre. — Je ne le crois pas; d'ailleurs pensez donc que voilà, je ne sais combien de mois que je suis privé des charmes de la vie; de plus qu'il faut que je ratifie à mon cher Commemouche, le titre que je lui avois donné avant son mariage; enfin j'en avois la fantaisie, et jamais je n'ai résisté à aucune. Je sors donc de ma retraite, et l'hotesse est très-surprise en me voyant. — Vous étiez là, mon dieu!

— Oui je m'étois couché sur ce lit, et j'ai bien dormi, lui dis-je, en baillant. Tu as bien fait. — Mais tout en dormant, j'ai réfléchi à ce que vous m'avez dit tantôt; et je voudrois bien voir madame Commemouche un instant seule, pour lui compter ma chance. — O! qu'à cela ne tienne, elle n'est pas plus fiere qu'un enfant; je vais lui dire de descendre. — Écoutez, surtout que sa mere ne l'entende pas; je l'ai apperçue, elle me fait peur, et je nedirois rien si elle étoit là — C'est pourtant une bien bonne personne. — N'importe, je ne veux pas lui confier mes intentions. — Et bien soyez tranquille, je lui dirai cela par maniere d'acquit sans que personne s'en doute. Cécile descendit avec l'hôtesse, que je priai par mes gestes de nous laisser seuls, ce qu'elle n'eût jamais fait, si son mari ne l'eût appellée. Cécile voyant un auvergnat, crut qu'il venoit de la part de son mari, et quoiqu'elle ne se souciât pas beaucoup de lui, cependant elle s'apprêtoit à m'écouter. Mais lorsque je me fus assuré en fermant la porte, que personne ne pouvoit ni nous voir ni nous entendre, je parus avec mes cheveux, ce qui ne lui permit pas de me méconnoître. — C'est vous, monsieur Auguste, ah ciel ! comment osez-vous venir dans cette maison? — Je sais tous les dangers que je cours, mais j'ai su aussi, ma chere Cécile, que vous me conserviez des bontés. — Mon dieu! oui, je vous aime toujours, et le tems, et l'absence et vos mauvais procédés ne m'ont point fait perdre le souvenir des momens délicieux que nous avons passés ensemble. — Il ne tiendra qu'à vous que cette nuit soit aussi heureuse. — Mais pensez que si vous étiez reconnu, rien ne pourroit vous soustraire à la vengeance de la vicomtesse. — Je ne le serai pas. Dites moi seulement comment je pourrois me rendre ce soir dans votre appartement. — La seule maniere seroit de vous y cacher d'ici à une heure; je vais laisser la porte ouverte, en remontant,

montant, et vous la refermerez sur vous; parce que j'aurai la clef pour rentrer. Vous trouverez à côté de mon lit un petit cabinet, où il y a un grand rideau; en vous tenant derriere sans remuer, on ne vous trouvera pas; mais je vous le répete, malgré le plaisir que j'ai à vous revoir, je suis inquiete qu'on ne vous surprenne. — La fortune et l'amour m'accompagnent; et je défie tous les Jacobins du monde de troubler un rendez-vous, où je me promets de si doux plaisirs. — Vous êtes toujours le même, mon cher Auguste. — Croyez-vous que j'ai tort? — Je ne dis pas cela; mais adieu, je remonte, afin qu'on n'ait pas de soupçons; car ma mere vous en veut si fort, et puis elle est si républcaine. Je vous conterai tout cela; à tantôt, et elle me quitta.

J'étois très-occupé de mon rendez-vous, et réellement il en valloit la peine; car Cécile étoit infiniment mieux qu'a Olnac. Elle parloit presque bien françois, ses mains étoient toujours un peu fortes, mais elles n'étoient plus rouges; des souliers bien mieux faits qu'en Auvergne, cachoient le trop grand volume du pied. Elle étoit mise avec goût et magnificence; enfin, c'étoit réellement ce qu'on pouvoit appeller une superbe femme.

Je t'en demande pardon, ma chere Euphrasie; mais quand je manquerois cette occasion, en serions-nous moins séparés? En serois-tu moins en prison? Si tu le savois, je conçois que cela pourroit t'affliger, te donner mauvaise opinion de moi; mais tu n'en sauras rien; et ce qu'on ne sait pas est non avenu. D'ailleurs, je crois que Cécile nous sera utile, et comme je ne possede que ce bien, il faut que je l'emploie pour notre sûreté commune. D'après ces beaux raisonnemens, je tranquillisai ma conscience; et l'hôtesse m'ayant demandé si je voulois souper. — Oui, certainement, et très-bien. Il me restoit soixante et quinze livres, je lui en donnai cinquante. Avec cela, mon ami, vous ferez bonne chere. — Aussi est-ce mon intention, surtout d'excellent vin. On m'apporta un très-bon gigot, dont je mangeai la moitié, des œufs aux jus et une bouteille de vin de Bordeaux. L'hôtesse, qui m'avoit pris très en gré, resta avec moi pendant que je mangeois, et je voyois qu'elle avoit fort bonne opinion de l'effet de ce repas. Ah! disoit-elle, c'est une bonne chose que de souper. Mon mari ne mange le soir qu'une pomme cuite, et cela ne fait pas grand profit, comme vous pensez bien; mais vous, qui devez passer la nuit seul, que ferez-vous de tout cela? — J'en travaillerai mieux demain. — Ah! petit coquin, tu as des projets. — Moi, point du tout: faites-moi préparer un lit. — Déjà. — J'ai envie de dormir. — Tu est donc venu de loin aujourd'hui? Si tu avois voulu, après le souper des hôtes, nous aurions causé. — Je n'ai pas envie de parler. — Tu n'es guere poli. — Nous ne le sommes pas plus que cela dans notre pays.

— C'est fort vilain. — Bon soir, je vais me coucher. Je m'échappai le plus promptement possible, et en montant dans la chambre qui m'étoit destinée, je vis la porte de Cécile qui étoit restée ouverte. Après avoir mis ma clef dans ma poche, je redescendis avec précaution. Je me cachai derriere le rideau du cabinet, et attendis que ma belle revînt. Je n'y étois pas depuis un quart-d'heure que je la vis entrer avec M. T***, député du côté droit, comme je le sus bientôt.

LE DÉPUTÉ.

Mon Dieu! ma petite, que je suis fâché que tu sois si souffrante ce soir.

CÉCILE.

Je n'en puis plus.

LE DÉPUTÉ.

Aussi tu prends trop à cœur tout ce qu'ils disent; sois certaine qu[e] nous ne les laisserons pas faire.

CÉCILE.

Et n'avez-vous pas laissé faire le 31.

LE DÉPUTÉ.

Que veux-tu? c'étoit bien autre chose, il y alloit de la vie, sans espoir certain de les sauver.

CÉCILE.

Il falloit au moins faire tous vos efforts.

LE DÉPUTÉ.

Que pouvions-nous contre les bayonnettes ?

CÉCILE.

Mais enfin, c'est une chose faite, que vous ne pouvez réparer. Mais comment espérer que vous contiendrez ces méchans Jacobins? Vous verrez où ils vous meneront. Avez-vous entendu ce soir ma mere, la vicomtesse, mon oncle D***, du P***, S***? quels projets! et vous pouvez siéger avec des monstres pareils.

LE DÉPUTÉ.

Mais ce seroit bien pis, si nous abandonnions la partie; qui peut imaginer jusqu'où ils se porteroient?

CÉCILE.

Ayez donc le courage de vous opposer à leurs horribles lois, ou la France entière vous en croira complice ; faites ouvrir ces prisons, où l'on entasse tant de gens innocens. Tenez, quand je pense à tout cela, j'en suis malade, et je vous prends en haîne.

LE DÉPUTÉ.

Mais ma petite, ne me punis pas de ce qui sûrement n'est pas ma faute ; et viens oublier, dans les bras de ton amant, ces sujets d'allarmes, qui j'espere ne se réaliseront pas.

CÈCILE.

Non, impossible ce soir, mon imagination est rembrunie pour un mois. Avec quel acharnement ils veulent poursuivre ceux qui ont été jadis leurs protecteurs, leurs parens, leurs amis. Que je hais cette Menerville ; mais c'est à vous que je m'en prendrai, s'il arrive le moindre mal à Auguste, à sa famille,

LE DÉPUTÉ.

Il faut donc que je défende mon rival.

CÉCILE.

Il faut que vous soyez juste et généreux. Je n'ai plus aucun rapport avec ce jeune homme; selon toute apparence, je ne le reverrai jamais; mais s'il lui arrivoit malheur, je sais que j'en serois inconsolable.

LE DÉPUTÉ.

Eh bien! nous ferons de notre mieux pour le sauver; mais friponne, si tu le rencontrois.

CÉCILE.

Jamais je ne le trouverai, on ne sait seulement où il est; et quand le hazard nous réuniroit, vous ne doutez pas de mon attachement, de ma fidélité.

LE DÉPUTÉ.

J'y crois, je me plais à y croire; mais viens, que ce lit reçoive encore tes sermens.

CÉCILE.

Non, je vous l'ai dit, il me seroit impossible.

LE DÉPUTÉ.

Il faut toujours céder à tes caprices. Adieu, mon ange, dors bien, je viendrai déjeûner demain avec toi.

Et il la laissa à ma grande satisfaction ; mais il falloit encore que sa femme-de-chambre, qui rentra en même-tems que M. T*** étoit sorti, s'en allât. Elle hâta sa toilette ; et enfin, quand elle fut seule, elle vint me trouver sous mon rideau. Vous vous êtes ennuyé, me dit-elle ; mais je n'ai pu m'en débarrasser plutôt. — O ! ma belle amie, j'avois assez à m'occuper de votre bonté pour le pauvre Auguste ; mais il me paroît que votre député est un bon homme. — Bon homme, c'est-là le mot ; et voilà ce qu'on peut dire de l'assemblée : moitié scélérats, et l'autre moitié des hommes foibles, qui ont peur de leur ombre ; mais il est riche, et il me fait passer mon tems très-agréablement. — Et que dit à cela M. Commemouche? — Il n'en sait rien. Mais croyez-vous de bonne foi, avec sa mine jaune et maigre, son grand nez, ses petits yeux et ses manieres jacobines, que je m'en tiens à lui. Je l'ai fait juge de paix; il voudroit bien que j'obstinsse pour lui une place d'administrateur; mais il est trop enragé : mon pere fait déjà assez de mal sans que son gendre s'en mêle. Vous pouvez être bien sûr que T*** nous sera utile, et ceux de son parti : ils n'ont pas assez de crédit pour de grandes choses; mais comme les autres en ont toujours besoin, ils leur accordent quelques miseres, pour qu'ils ne se séparent pas entiérement d'eux; et je lui ai, comme vous avez pu l'entendre, signifié que je le rendois responsable de tout ce qui vous arriveroit. Ainsi nous pouvons être tranquilles de ce côté-là; mais dites-moi ce que vous comptez faire? — Vous prouver dans cet instant, ma chere Cécile, que je vous trouve aussi belle qu'à Olnac, et infiniment plus aimable ; puis nous parlerons d'affaires. En disant cela, j'ôtois le schal, je dénouois la ceinture, et je m'emparois de la double propriété du représentant et de l'ami Commemouche. Cécile avoit acquis plus d'art dans la résistance, et ne paroissoit céder qu'à l'impossibilité de se défendre. Je vis que pour tous les maîtres, il n'y avoit que Paris, même Paris révolutionné ; on y avoit encore plus de graces, de délicatesse, que dans les ci-devant provinces.

Si je trouvai que Cécile avoit fait de grands progrès, elle jugea aussi que je n'avois pas mal profité des leçons de la vicomtesse ; car pour celles que l'amour m'avoit données dans les bras de ma chere Zilia, c'eût été les prodiguer que de les mettre en pratique avec la très-usagée Cécile. Vivacité, variété, justesse : voilà ce que j'avois appris de cette habile maîtresse, et qui convenoit parfaitement à Cécile ; mais ces doux épanchemens de deux ames unies par les sentiment, ces caresses qui semblent prendre leur plus grands charmes de la pudeur, n'auroient été que très-ennuyeuses pour la maîtresse de T***. Elle fut contente de moi, je l'étois d'elle; et la nuit ne nous parut qu'un instant. Il faut cependant, me dit-elle, convenir de nos faits. Vous ne pouvez pas rester dans cette maison-ci; c'est être sur un terrain ruiné. — Je veux, lui dis-je, voir Eulalie. — La maîtresse de B***. — Oui, qui a eu autrefois des bontés pour moi. — Elle est en mission avec son représentant, et ne reviendra de quatre à cinq mois. — Cela me dérange. — Si c'est pour de l'argent, j'en ai à votre service. — Je n'en ai pas besoin. — J'espere que vous ne vous gêneriez pas. — Mais j'aurois bien voulu voir Eulalie. — Il faut vous en passer pour l'instant — Vous ne croyez pas que ce soit.... — Ah, je n'aurois pas grande inquiétude de rivalité; car enfin Eulalie commence à être sur le retour; et les six mois qu'elle a passés à la conciergerie, ne l'ont pas embellie ; mais B*** l'aime, et elle obtient tout ce qu'elle veut. — C'est là précisément ce qui me faisoit désirer de la voir. — Mais enfin où irez-vous ? — Il me vient une idée : à Corbeil, chez un ancien valet de mon grand-pere, qui m'a élevé. — C'est fort bien vu. Prenez garde à la réquisition ; car c'est-là où ils vous attendent : mais allez toujours chez ce bon homme, j'irai vous voir. — Quoi, je pourrois espérer. — Certainement, je monte bien à cheval, en deux heures je serai chez vous, et je vous rendrai compte de tout ce qui se sera passé ; et elle convint que je lui écrirois poste restante, l'adresse precise d'André. Je sortis de sa chambre, et allai m'enfermer dans la mienne, dont j'ôtai la clef. Mais à peine y étois-je, que je l'enl'ends ouvrir. Qui est-là, dis-je? — Amie. — Et qui, amie ? — Moi, mon ange, me répondit la voix qui accompagnasa réponse d'un baiser, comme ceux dont parle Boileau, plein

plein d'ail et de tabac. Diable, me dis-je, en reconnoissant l'hôtesse, voilà de la besogne qui vient mal-à-propos. Allons, Auguste, du courage, tu n'as pas besoin de fermer les yeux, puisque la chambre est noire comme un four; il n'y a donc qu'à te boucher le nez. Et comme dans les entreprises périlleuses, il ne faut pas se donner le tems de réfléchir, je me mis aussi-tôt à l'œuvre. C'étoit bien celle que défend le quatrieme commandement; car rien d'aussi charnel que mon hôtesse: charnel n'est pas le mot, c'est charnue que je voulois dire. Jamais je ne m'étois trouvé à pareille fête; mais enfin je m'en tirai en véritable auverguat. Les transports de la dame étoient si vifs, que je crus qu'elle m'étoufferoit; enfin elle se calma, et je ne crus pas devoir chercher à recommencer. Les gens du peuple n'ont guere cet usage, et soit dit en passant, c'est peut-être ce qui fait qu'ils ont plus d'enfans. Quand elle eut recouvré la parole, j'avois bien compté, me dit-elle, venir hier au soir, mais impossible. Nous avons eu du monde toute la nuit; ces députés ont fait une orgie à n'en pas finir. Ils ne se sont en allés qu'à trois heures du matin; et je t'assure qu'ils étoient bien pansés. Après cela, mon diable d'homme ne vouloit pas s'endormir; enfin, quand il a bien ronflé, je me suis levée tout doucement, et je savois bien que je te trouverois en joyeux état, après le souper que tu avois fait. Dors encore un peu pendant que je vais te préparer à déjeûner; car il faut bien que je te donne la monnoie de ta piece. Cela m'arrangeoit, car n'ayant que mes vingt-cinq francs pour aller à Corbeil, ce n'étoit pas plus qu'il n'en falloit; et cinquante francs du souper pouvoient bien payer le déjeûner. Elle me quitta, et je m'endormis; au fait, j'en avois grand besoin. Sur les neuf heures elle vint m'appeller, et je descendis. Une grillade, des huîtres et du vin, m'attendoient. En revoyant ma derniere conquête, ses yeux bleus fayancés, perdus dans l'immensité de ses joues rubicondes et ombragées de sourcils ardens comme ses cheveux, je ne pus m'empêcher d'être émerveillé de moi-même, de m'être si bien conduit. Elle me fit mille amitiés et protestations de service. Je me promettois bien de ne pas la revoir; mais pour qu'elle n'eût aucun doute, je lui dis seulement que j'avois quelques courses à faire, et reviendrois dîner. J'allai droit à la section, faire viser mon passe-port pour Corbeil, et partis.

Mon aventure de la diligence de Valenciennes m'avoit dégoûté des voitures publiques; je pris donc un gros bâton et m'en allai à pied. Je réfléchis en chemin, que peut-être André ne me reconnoîtroit pas; je n'avois pas quinze ans lorsqu'il étoit parti de Paris, et j'en avois près de vingt-quatre, ce qui fait un extrême changement. D'ailleurs mon accoûtrement m'auroit rendu méconnoissable même pour Euphrasie. Mais son portrait étoit si ressemblant à sa mere, que, pour qui avoit connu la baronne, il n'y avoit pas moyen de ne pas le reconnoître. M'assurant d'être reçu, j'arrivai donc sur les sept heures du soir, et demandai la demeure d'André. On m'indiqua une grande maison à l'autre extrêmité de Corbeil. Il faisoit presque nuit lorsque j'arrivai. Je frappe, les chiens aboyent, et on n'ouvre pas, ce qui m'impatientoit fort; car je n'avois fait qu'un repas assez léger en route, et il ne me restoit presque plus rien dans ma poche. Je frappe encore, et j'entends traverser la cour. Une voix que je reconnus bien, et qui, j'en demande pardon à tout ce que j'avois aimé depuis, me fit battre le cœur, cette voix dis-je me demanda qui est là? — Moi. —Qui vous?— Ouvrez ne craingnez rien, un de vos meilleurs amis.— Je ne puis ouvrir, il fait nuit, mon pere et mon mari n'y sont pas; vous reviendrez demain. — Mais où sont-ils? — A Paris. — Y seront-ils longtems? — Ils reviennent demain pour dîner. — Et vous ne voulez pas m'ouvrir. — Impossible : je vous crois un très honnête homme ; mais il y a tant de coquins, dans ce tems-ci, qui en prennent le nom, que je ne veux pas m'exposer avec trois petits enfans, à donner à coucher à un inconnu. — Jeannette, vous en serez fâchée demain. — Cela est possible ; mais mon pere et mon mari me l'ont défendu. — Ah ! ce n'est pas la premiere fois, Jeannette, ma chere Jeannette, que vous me tenez rigueur ; mais je n'insiste point, et demain je viendrai de bonne heure vous voir, et attendre mon bon ami André. Je m'éloignai, car je sentis que si je me trouvois seul avec elle, le diable me joueroit encore quelque mauvais tour. Je pris mon parti d'aller passer la nuit dans une auberge : si on ne veut pas m'en laisser sortir sans payer, j'enverrai chercher André. J'arrive donc, et demande une chambre seul et à souper. C'est fort bien dit, me répond l'aubergiste d'un ton aigre ; et payer ? — Je ne crois pas qu'on paie d'avance. — Mais, garçon, tu n'est pas mis de maniere à faire croire que tu sois bien riche. — C'est pourmon plaisir que je me mets ainsi, et André vous répondra pour moi. Ah ! André, c'est différend. Il seroit venu avec moi, ajoutai-je, s'il n'étoit à Paris ; mais on l'attend demain. — Cela est vrai, allons Margueritte conduisez cet homme au n°. 7.

Je ne trouvois pas cette hôtesse si polie que celle des patriotes ; mais aussi je ne craignois pas d'avoir la même corvée à faire ; ainsi l'une me plaisoit encore plus que l'autre ; car j'avoue que faire infidélité à mon amie pour une très-jolie personne, ne me paroissoit que pécadille ; mais pour une figure comme celle de la dame des patriotes, c'étoit au moins un péché mortel. On m'apporta un assez mauvais souper, il fallut s'en contenter, se coucher dans des draps humides. Ah ! Jeannette ! Jeannette ! si vous aviez voulu m'ouvrir, qu'elle nuit délicieuse nous aurions passée. Ah ! loin de moi un pareil vœu : la fille de celui chez qui je viens chercher un azile, doit être sacrée pour moi. Je me levai de bonne heure, et voulus sortir pour aller chez Jeannette. Halte-là, me dit la doucereuse hôtesse, et comptez. — Comme je reviendrai dîner, je ne croyois pas que cela fût nécessaire ; et ne voulant pas que l'on sapperçût de ma pénurie, je répondis effrontément, que j'allois engager Jeannette, la fille d'André, à venir déjeûner avec moi ; mais puisque vous le prenez sur ce ton, vous m'en éviterez la peine, en allant l'avertir. Vous lui direz seulement, que le jeune homme qui est venu hier pour la voir, l'attend au Soleil d'Or. Marguerite part aussi-tôt ; et je commande un déjeûner, qui vaudra mieux, à ce que j'espere, dis-je au cuisinier, que le souper d'hier, qui étoit bon à jetter par les fenêtres. Mais voyez donc ce pacan ; il n'est rien tel que ces rustres pour ne rien trouver de bon. — Qu'est-ce que vous dites ? — Je dis que vous êtes plus difficile qu'un ci-devant. Tous ceux qui ont passé par ici ont toujours été contens. — Mais que signifient les mots pacan, rustres? — Et bien, je l'ai dit, que vous étiez... Je ne le laissai pas achever, et je lui déchargeai sur les épaules, le coup de bâton le mieux appliqué qu'il eût reçu de sa vie. L'hôtesse qui y prenoit intérêt, veut se jetter sur moi pour m'étrangler. Je ne fais avec elle que me défendre; car je crois que je me laisserois plutôt tuer par une femme, fût-elle vieille et laide, que de lui faire le moindre mal. Cependant grande rumeur dans la maison; je tenois toujours l'aubergiste d'une main, et de l'autre ma canne levée, pour empêcher qu'on ne m'approchât. Tandis que la scene s'échauffoit, et que déjà tous les voisins étoient à la porte, on voit entrer Margueritte tout essoufflée. — Voilà une belle chienne de commission que *ct'*original m'a donnée : madame Flamand ne le connoît pas; il est venu demander à coucher chez elle, elle n'a pas voulu le laisser entrer, et elle m'a dit comme ça, qu'elle n'étoit pas femme à venir déjeûner au cabaret avec un inconnu. — Ah! c'est bon ça. — Nous verrons. — Nous verrons, payez, grédin que vous êtes. — Cela ne me plaît pas. — Ah! cela ne vous plaît pas, nous allons voir; et j'entends qu'on va chercher la garde, c'étoit ce qui pouvoit m'arriver de plus heureux. Aussi je me tins bien tranquille, mais toujours mon bâton prêt à frapper le premier qui s'avanceroit; enfin, on demanda le sujet de la dispute.

Je dis que l'hôtesse, après m'avoir donné le plus mauvais souper et le plus mauvais vin possible, prétend être payée comme s'il eût été bon; et je demande qu'on me conduise devant le juge de paix. Ah! oui, c'est bien autre chose : c'est qu'il est venu ici comme étant connu de madame Flamand, qui ne le connoît ni d'Eve ni d'Adam. C'est un filou, un escroc. Point d'injures, dit le commandant, le juge vous rendra justice. Et moi camarade, dit le cuisinier, en frottant son dos, il m'a presqu'assommé. — Tout cela s'éclaircira bien facilement, leur dis-je, en remettant ma canne au sergent qui me conduisit, non chez le juge, mais à la municipalité, qui dans ce tems étoit en permanence. Je montrai mon passe-port que l'on trouva très-en regle. Mais comme j'avois donné un coup de bâton, que d'ailleurs je m'obstinois à ne pas vouloir payer, me reclamant toujours d'André qui étoit absent, on m'envoya en prison jusqu'a plus grande information. Une maudite chambre d'un vieux château, où il n'y avoit pas de vitres, et dont le plancher étoit si humide, que les champignons y poussoient de toute part; un lit de camp, avec une mauvaise couverture, et une simple escabelle, ne me parut pas un logement très-agréable. Alors je pensai à ma pauvre Euphrasie: je me dis, elle languit depuis trois mois avec son respectable pere, dans un séjour peut-être aussi triste;

et j'en ressentis une douleur extrême, qui me laissa à peine penser à mon propre embarras, qui, j'espérois, devoit finir aussi-tôt l'arrivée d'André. Le concierge de la prison vint me demander, si je voulois dîner. — Je n'ai pas faim. Mais allez, je vous en prie, en lui donnant un corset qui étoit tout ce qui me restoit, chez André, dites-lui, qu'un jeune homme qu'il a connu autrefois à Paris rue des Tournelles, a quelque chose de bien important à lui dire. Le concierge qui avoit autre chose à faire n'y alla que sur les quatre à cinq heures. J'avois fait sept lieues la veille, mal dîné, et encore moins bien soupé, et aujourd'hui point déjeûné ni dîné, je mourois de faim, et je me disois : si André n'est pas arrivé, ou s'il ne veut pas venir, je ne pourrai résister à cette cruelle diete. Enfin, à six heures, j'entends ouvrir les verroux, et je vois entrer un municipal suivi d'André. Malgré le respect dû à la magistrature, je m'élance dans les bras de mon premier mentor. — Enfin vous voilà, mon cher André. André hésite, ne me reconnoît qu'imparfaitement. Il y avoit autant de danger pour moi de n'être pas reconnu que d'être nommé. Je n'avois pas prévu qu'André ne pourroit pas entrer seul. Je ne savois donc si je devois ou non aider sa mémoire. Je croirois bien, me dit-il, si vous n'étiez pas.... Oui, vous connoissez bien Mathurin Lullier, de la commune d'Olnac, lui dis-je, en lui serrant la main, d'Olnac, vous entendez bien. Ah! oui, d'Olnac, reprit-il aussi-tôt, sûrement je vous connois bien. Eh bien, lui dis-je, rendez-moi le service de régler avec cette aubergiste, et de payer le coup de bâton que son insolent cuisinier m'a forcé de lui donner; et sur-tout de m'envoyer à dîner, car je meurs de faim. — Ah! j'espere que notre municipal va vous laisser sortir avec moi, car je réponds de vous. — O! mon camarade, bien volontiers; et aussi-tôt on ouvrit la porte.

Dès

Dès que le magistrat du peuple nous eut quittés. Eh ! monsieur le comte, me dit André, comment est-il possible que ce soit vous ? Je vous expliquerai tout cela ; mais prenons garde d'être observés. N'y a-t-il personne chez vous dont on puisse se méfier ? — Je vis avec ma fille, mon gendre et sa sœur, qui est très-bonne, quoique bossue, chose assez rare. Nous n'avons avec nos voisins, d'autres relations que les services que nous leur rendons. Mais nous restons chacun chez nous ; ainsi soyez sans crainte. Mais que ma fille va être fâchée de ne pas vous avoir reçu hier au soir. — Je lui ai dit, elle n'a pas voulu le croire. — Oh ! la pauvre Jeannette, comme elle va être honteuse ! En disant cela nous passions devant l'auberge, et la chere hôtesse en sortit. — Eh bien, André, vous le connoissez donc ? — Oui, beaucoup, et je réponds de tout : soyez tranquille. — Mais le cuisinier. — Et bien, on lui paiera son coup de bâton, que cependant d'après ce que m'a dit Lullier, il avoit bien gagné. A tantôt.

J'entre enfin chez mon bon André. Après plus de trois mois que j'étois errant, me voilà dans une maison où je pouvois me dire chez moi. André se hâta de fermer la porte. — Ah! mon cher maître, est-ce bien vrai que j'ai le bonheur de vous posséder! Jeannette, Flamand, venez donc. Jeannette arrive tenant un petit enfant sur ses bras, et deux autres qui la suivoient, en la tenant par le coin de son tablier. — Tiens, regarde, imbécille que tu es, c'est M. le comte, à qui tu as refusé la porte hier, — Ah! bon dieu, est-il possible? Mais oui, c'est M. Auguste; ah! mille pardons. — Vous m'avez fait passer une mauvaise nuit, battre un homme, et rester une journée en prison sans manger. Mais vous ne pouviez pas deviner que c'étoit moi. Enfin nous voilà réunis. — Flamand, Flamand, viens donc: je vis un grand jeune homme d'une figure fort agréable ; et n'ayant rien de son état, que les mains noircies par le fer qu'il travailloit, car il étoit armurier. Mon fils, lui dit André, voilà M. de Vergy, dont vous m'avez tant entendu parler, le petit fils de mon bon maître, à qui je pense toujours. Monsieur, me dit Flamand, j'ai bien des excuses à vous faire de l'impolitesse de ma femme ; mais elle a peur quand je n'y suis pas. — Je suis fort aise, monsieur Flamand, de faire connoissance avec vous : votre femme est ce que j'ai rencontré de plus sage et de plus intéressant ; nous avons pour ainsi dire été élevés ensemble. J'aime André comme mon pere, et j'espere que nous serons amis. — Je m'estimerois heureux, monsieur, de mériter vos bontés. Je n'ai point, dieu merci, donné dans les nouvelles folies. Je ne crois point à cette égalité si vantée, elle n'est pas dans la nature ; et le plus vertueux, le plus instruit, le plus riche, ne sera jamais égal au vagabond sans vertu, sans instruction. — Je crois que vous n'avez pas tort; mais sans entrer dans des discussions politiques, je vous dirai, mes amis, qu'il y a une inégalité bien marquante entre celui qui a dîné et celui qui a faim. Ah! mon Dieu, dit André, à quoi pensons-nous donc? M. le comte n'a pas mangé. Allons, Jeannette, fais-lui tout de suite une omelette. Je vais à la cave. Flamand, dis à ta sœur de venir, pour que cela aille plus vite, nous l'instruirons que c'est M. le comte. — Comme vous voudrez. — Vous connoissez sa discrétion, et cela nous gênera moins. Elisabeth vint donc. J'apperçus une femme qui n'avoit guere que trois pieds et demi de haut, et dont la tête, qui étoit assez jolie, se trouvoit enterrée dans deux énormes bosses. Tiens, ma sœur, lui dit Flamand, c'est M. de Vergy, dont mon pere te parloit hier. Mais aide ma femme pour que le souper soit plutôt fait. Elisabeth me regardoit avec le plus extrême étonnement, et ne pouvoit concevoir par quelle raison cet Auguste, qu'on lui avoit vanté comme un jeune homme aimant la parure, se trouvoit vêtu d'un habit de gros drap brun, avec des guêtres, et des cheveux mal peignés.

En fort peu de tems ces deux excellentes femmes me préparerent le meilleur repas que j'aie fait de ma vie; volaille, gibier, poisson, elles avoient tout réuni, c'étoit un vrai festin. Ce qu'il y a de plus plaisant, c'est qu'au moment de me mettre à table, il n'y avoit qu'un couvert. — Je crois que vous vous moquez de moi, mes amis, vous pensez que je vais manger seul comme un hibou. C'est avec vous que je viens vivre pendant quelque tems, et même je ne vous le cache point, à vos dépens; car je n'ai pas un double; et j'aurois le sot orgueil de me faire servir seul par vous qui paierez mon dîner. Non, ce n'est point la révolution qui me fait agir ainsi; et l'ancien régime existeroit, que je n'en serois pas moins persuadé, que lorsque quelqu'un vous nourrit, on doit manger avec lui.—Ce n'est point une raison, monsieur; et si je suis assez heureux pour vous rendre dans ce moment ce que je tiens de vous et de votre famille, il n'en est pas moins certain..... — Que nous souperons ensemble, et ensuite je vous raconterai mon histoire. André eut bien de la peine à céder. Nous soupâmes très-gaiement; puis je leur appris tout ce qui m'étoit arrivé depuis que nous nous étions vus. André partagea mes inquiétudes pour la famille d'Albon, et me demanda quelles étoient mes espérances. — Mon cher ami, si vous voulez me seconder, elles sont bien grandes. — Si cela ne dépend que de moi, vous ne pouvez douter de mon zele; mais il n'y a qu'une seule chose qui me tourmente, c'est la réquisition. On est ici d'une sévérité extrême; il faut ou se marier ou partir. — Il me vient sur cela une idée assez folle que je vous communiquerai. En attendant, me voilà bien connu ici pour Mathurin Lullier. Si on vous demande ce que je viens faire, vous direz que je veux apprendre le métier d'armurier; et je l'apprendrai effectivement. O! non, monsieur, dit Jeannette, cela rend les mains trop noires. — Que voulez-vous, ma chere enfant? il faut bien trouver le moyen de vivre, et au moins de cette maniere je ne vous serai point à charge. — Pouvez-vous vous servir de cette expression? — Non, il faut absolument que vous me laissiez faire. Cela donnera bien plus de vraisemblance à tout ce que nous dirons, et m'occupera. D'ailleurs, c'est un art qui convient à un militaire : ainsi voilà qui est convenu, dès demain je forge et je ferai tout ausssi bien qu'un autre, de mauvais fusils pour nos soldats. La seule chose que je voudrois, ce seroit de faire savoir à Euphrasie et à son pere, que je suis en sûreté, et que je m'occupe d'eux. Si vous voulez, dit Flamand, je me charge d'y aller.

On ne me connoît pas, vous me donneriez une lettre pour M. d'Albon. — Cela ne suffiroit pas, vous ne pourriez peut-être pas la remettre ; mais j'attends ces jours-ci un jeune homme qui nous procurera des moyens de rendre plus utile ce voyage que j'accepte avec reconnoissance. Mais pour un garçon forgeron, je veille bien tard, car les premiers coups de marteau suivent le chant du coq. Ce sera moi, dit Flamand, qui les donnerai. Allez vous reposer, car vous en avez grand besoin. André voulut absolument me céder son appartement, qui étoit extrêmement commode, et le meilleur lit. Je ne le voulois point ; mais il fallut y consentir. Je me couchai, dormis jusqu'au lendemain midi. En me reveillant, j'écrivis à Cécile, et ne mis autre chose dans ma lettre que l'adresse de Flamand, armurier à Corbeille ; puis je descendis et trouvai mon déjeûner qui m'attendoit. Jeannette et Elisabeth travailloient à de fort beau linge.

Je crus que c'étoit un des moyens dont elles fournissoient à l'existence de la famille, je leur démandai à qui il étoit: à M. Auguste, me répondirent-elles. Croyez-vous que nous vous laisserons manquer des choses les plus nécessaires lorsque nous vous devons tout notre bien-être? Je fus singuliérement sensible à cette attention, et je m'estimai heureux d'avoir trouvé dans ces anciens serviteurs, des amis si fidelles. Nous passâmes la journée à nous rappeller toutes les manieres de mon grand-pere. Je leur appris que Pierre avoit été pendu, et que je ne savois trop comment madame Delbrac se seroit tirée de ses différensavec la municipalité de Strasbourg. Mais, leur dis-je, il ne faut pas passer notre tems à causer, il faut travailler. Demain, demain, me dit Flamand, mais aujourd'hui c'est encore une fête, il faut qu'il ne soit consacré qu'au bonheur de vous posséder.

Après le dîner, j'emmenai André dans ma chambre, et lui fis part du projet que j'avois formé dans la tour d'Olnac, et il en sentit la possibilité : la seule chose qui nous manquoit, c'étoient les fonds nécessaires pour commencer notre opération. — Serois-ce encore de l'alchymie ? l'expérience de votre grand-pere n'a pas pu vous rendre sage. — Et qui vous parle d'une semblable folie ? je suis à mille lieues d'y penser; je puis avoir d'autres secrets à communiquer à mon ami André ; et s'il ne me plaît pas de vous les dire, je vous trouve bien indiscret de vouloir les savoir : quand je voudrai, je vous les apprendrai.

Cécile m'avoit offert de l'argent, ou du moins des assignats qui comme on sait, à cette époque ne le valoient pas, il sen falloit. Cette baisse loin d'être nuisible à mon projet, ne faisoit que le rendre meilleur; mais je répugnois à recevoir ce genre de service de cette femme, que j'avois vue dans une position si éloignée de celle de ma famille. Mais Eulalie valoit-elle mieux ? Eulalie étoit moins encore que ma dame Commemouche ; mais j'avois une raison dont vous pouvez vous souvenir ; c'est que je lui avois fait emporter vingt-quatre mille livres, qui appartenoient à Euphrasie, comme la seule héritiere du vicomte. En empruntant sur ce fonds pour rendre la liberté à celle que je regardois comme ma femme, je ne faisois rien dont la délicatesse pût être blessée ; ainsi je m'affermis dans la résolution de n'emprunter qu'à elle mes fameux cent louis. Je n'avois pas encore remboursé Julie ; je m'adressai, à mon André qui me donna les deux cents livres, et nous les fimes partir sur-le-champ. J'attendois Cécile pour me déterminer sur un autre projet ; car il faut en convenir, à ce moment ma tête travailloit beaucoup. Cette bonne enfant ne se fit pas attendre, et dès le troisieme jour, je vis arriver un joli jeune homme, montant un fort beau cheval. Ah ! mon aimable ami, que de reconnoissance ne vous dois-je pas. — Aucune, mon cher Auguste, croyez que j'ai au moins autant de plaisir à vous voir, que vous pouvez en avoir à vous trouver avec moi. — Mais vous serez peut-être bien aise de dejeûner? — Volontiers. Et je priai Elisabeth de nous apporter dans ma chambre des œufs et du beurre frais. Jeannette, qui selon toute apparence avoit quelque doute que le beau jeune homme étoit une jolie femme, y ajouta du café. Deux jeunes gens peuvent sans scandale s'enfermer seuls; et j'étois bien sûr que mes hôtes, sans avoir la bassesse qui fait que l'on se prête à des complaisances vicieuses, étoient trop discrets pour venir nous troubler. Je commençai donc par prouver à ma belle voyageuse que sous quelques habits qu'elle se présentât, elle ne m'en faisoit pas moins d'impression. Nous reprîmes quatre fois ce discours, que Cécile trouva toujours plus à son gré; mais comme il falloit qu'elle s'en retournât à Paris avant la nuit, je ne voulus pas pousser plus loin mes argumens, et nous commençâmes

commençâmes à changer de propos. Ils sont plus furieux que jamais, me dit-elle, mais je suis sûre de T***. voyez ce que je puis faire pour vous. —D'abord ma reine. — Ah! quel nom de tendresse par le tems qui court. — Et bien, mon cher bijou, si le mot reine vous effarouche. — Moi, ah ! vous savez bien que non, et ce n'est qu'une plaisanterie que je vous faisois. Au fait que voulez-vous ? — Que vous fassiez avoir à mon ami Flamand une fabrication d'armes. — Cela est possible. — Et en attendant que sa manufacture soit en activité, qu'on le nomme commissaire du comité de salut public en Auvergne, spécialement pour le régime des prisons ; ce qui me donnera la possibilité d'avoir des nouvelles sûres de M. d'Albon et de lui donner des miennes. — Il est très-probable que T ***, obtiendra l'un et l'autre ; mais il faut pour cela des pétitions visés au club et à la municipalité. Dès que Flamand aura obtenu ces formalités indispensables, vous me les enverrez, je m'en charge ; et si T *** n'a pas assez de crédit, j'en serai quitte pour un moment de complaisance avec un faiseur, et votre affaire réussira. J'avoue que tout libertin que j'étois, je ne m'accoutumois pas à entendre une femme vous promettre de coucher avec un autre pour vous rendre service; et si le motif en étoit louable, le moyen en étoit si étrange, que j'avois peine à en être reconnoissant. Je glissai donc sur la fin de la phrase, comme si je n'eusse pas entendu, rougissant pour Cécile, qui avoit moins de pudeur qu'un capitaine de dragons, mais si belle et si obligeante, qu'on ne pouvoit se défendre de la désirer. J'écrivis sous sa dictée tout ce qu'il falloit pour que les pétitions de Flamand fussent dignes d'être présentées à la convention. Puis nous nous séparâmes avec promesse de sa part de revenir avant huit jours. Comme elle alloit monter à cheval elle me parla encore de la réquisition, qu'elle me dit être ce qu'il y avoit de plus dangereux pour moi. Alors je lui fis part de mon burlesque projet, elle en rit aux éclats; mais ensuite elle me dit : sérieusement, c'est le seul parti que vous ayez à prendre, et je vous conseil de ne pas tarder. — Mais s'il faut pour que cela réussisse mettre l'aventure à fin?—Fût-ce le diable, ce seroit pour vous moins triste que d'être arrêté par la gendarmerie. — Cela vous est bien aisé à dire, belle dame, vous pouvez être tant que vous voulez d'une extrême complaisance avec un singe, u n magot ; mais nous. — Ah ! celui qui a eu des bontés pour l'hôtesse des patriotes, ne doit rien redouter. — Comment ! vous avez su. — Bon ! c'est la premiere chose qu'elle a dite à ma femme de chambre en se lamentant, de ce que vous n'étiez pas revenu ; au surplus, vous avez très-bien fait, c'est le trait de prudence le plus grand dont vous puissiez vous vanter dans toute votre vie; car cela à éloigné tout soupçon. Je tombois des nues à chaque mot, j'avois eu bien des aventures, mais toujours, si j'en excepte Eulalie, avec des femmes qui aumoins ne s'en vantoient pas.

Je me trouvois en si mauvaise compagnie, que je hâtois par mes vœux l'instant où uni avec Euphrasie, je pourrois jouir de ces véritables délices de l'ame, qu'inspire l'amour tendre et vertueux ; mais que j'en étois encore éloigné. Euphrasie languissoit dans les fers ; j'étois obligé de me cacher sous des habits de paysan, et je ne possedois sous le soleil que mes petits talens, qui, il est vrai, réussissoient parfaitement auprès des femmes du jour.

Enfin Cécile me quitta, et je fis part à mes hôtes de tout ce que j'espérois de l'amitié de ce jeune homme, qui étoit très-lié avec les gens en crédit, et qui me vouloit infiniment de bien. André ni Jeannette ne firent aucune remarque sur l'existence de ce tendre ami, et je me gardai bien de les embarrasser par une confidence indiscrette.

Ce qui n'est pas le plus aisé, dit

Flamand, c'est ce *visa* du club, je n'y ai jamais mis le pied. — Il faut bien tâcher de vous rapprocher d'eux. — Il n'est guere prudent de se mettre en société avec les loups; mais pour vous, il n'y a rien que je ne fasse. Je verrai Thomas pour m'y faire présenter. — Mais ce n'est pas tout, mes amis, il faut que je me marie; sans cela ils me feront partir, et réellement je n'en ai pas envie. — Comment vous marier? — Ce ne sera pas Auguste de Vergy qui se mariera, mais Mathurin Lullier. Cependant ne croyez pas que je veuille tromper celle avec laquelle je paroîtrai à la municipalité. Aussi ai-je pensé qu'il n'y avoit que votre sœur. — Ma sœur! dit Flamand: jamais vous ne l'y détermineriez; elle a juré de ne point se marier. — C'est précisément ce qu'il me faut; car moi j'ai fait le serment de n'épouser qu'Euphrasie. Enfin, mon ami Flamand, il faut que Mathurin Lullier soit ton beau-frere. — Je ne sais pas si nous pourrons l'y déterminer; car elle n'aime pas à tromper. — Il n'y a pas grand scrupule à se faire avec ces coquins-là. Jeannette dit je m'en charge. Après plusieurs pour-parlers, Elisabeth consentit à être madame Mathurin Lullier. On afficha nos bans; et enfin nous voilà en présence de l'officier public qui maria très-gravement Elisabeth avec un mort.

Nous ne pûmes nous dispenser d'une noce, où nous eussions passé pour des aristocrates. Qu'on se figure la pauvre fille au haut bout de la table à côté de moi, ayant à répondre aux grosses gaietés patriotiques. Je conviens que pour elle c'étoit une rude corvée; car rien n'étoit plus modeste que cette bonne Elisabeth. Le repas fini, les filles, suivant la coutume des campagnes, s'en emparerent pour me l'ôter, et je ne pouvois être censé entrer dans mes droits qu'en la leur achetant; moi qui n'y prétendois rien, je les laissai passer la nuit, et allai me coucher. Cela ne donna pas une grande idée de moi ; mais qu'y faire? Ce n'est pas que le diable ne me tentât fortement pour la premiere fille de la noce, qui étoit vraiment gentille ; mais je chassai cette mauvaise pensée. Ne nous accoutumons point, me disois-je, à être mari infidelle ; et que Mathurin Lullier apprenne à Auguste, que ce lien ne doit jamais être trop respecté. Il est vrai qu'il y avoit une furieuse différence entre ma jolie cousine et Elisabeth, malgré son beau corset de gros de Tours, sa jupe de crêpon, et sa grande croix d'or ; mais ce qui faisoit le plus charmant effet dans sa parure, c'étoit son gros bouquet, qui, remonté par sa bosse, alloit lui chatouiller le bout du nez.

Le lendemain on but, mangea et dansa encore tout le jour ; et enfin on se retira, après m'avoir amené ma femme. Quand nous fûmes seuls, je crus de la politesse de lui faire de tendres propositions ; mais elle me parut si décidée à garder sa virginité, que je n'insistai pas et la laissai tranquillement rejoindre sa chambre, et restai dans la mienne. Onques depuis nous n'eûmes un seul instant de tête-à-tête, et la bonne Elisabeth ne s'en crut pas plus grande dame pour être la femme de Mathurin Lullier. Elle continua à faire la cuisine, blanchir et coudre mon linge. J'avois cependant une grande hâte de lui marquer ma reconnoissance; mais il falloit pour cela le visa de nos seigneurs du club.

Flamand pria à déjeûner le fameux cordonnier Thomas : je le vois encore arriver en carmagnole déchirée, des cheveux gras, couverts d'un bonnet de police, une barbe d'un pouce de long, et une charmante petite pipe à la bouche. Bon jour, freres et amis, nous dit-il, car je puis vous honorer de ce beau titre, puisque vous allez être des nôtres; ce soir je vous présente, et aucun de ceux que *Brutus-Thomas* a présentés, n'ont été refusés. On but à la République, à la convention, au club, à la société-mere; et nous parlâmes tant et si bien en patriotes, que Brutus-Thomas nous crut ce qu'il y avoit de plus chaud pour la liberté. Le soir nous nous rendîmes à l'antre. J'avois fait à mon cher beau-frere un beau discours de réception, dont la moitié des tribunes et même de l'assemblée n'entendit rien; ce qui lui valut des bravo répétés; car en général il n'y a rien que les hommes estiment autant que ce qu'ils ne comprennent point. Mon discours étoit beaucoup plus modeste, et l'on y sentit le terroir de l'Auvergne; aussi on m'applaudit moins, et je vis avec plaisir que je ne serois promu à aucune dignité, et sur-tout point envoyé en députation à Paris, ce qui auroit été fort dangereux.

Nous prîmes place au milieu des freres, et nous entendîmes des motions merveilleuses, une entre autres qui fit beaucoup de bruit, et c'est tout simple : il s'agissoit d'une cloche, non de celles qui appelloient les fidelles à l'Église, car on ne leur avoit pas encore déclaré la guerre, mais d'une cloche aristocrate. Une cloche aristocrate ! — Oui, car elle annonçoit le dîner d'un ci-devant gentilhomme, vivant tranquillement dans son ci-devant château.

Freres et amis, disoit l'orateur, est-il rien d'aussi opposé à la sainte égalité qu'un homme qui fait sonner son dîner? encore si c'étoit pour y appeller tous les patriotes du canton, passe; mais pour nous apprendre par le son insolent de sa cloche, qu'il va dîner; tandis que tant de nos freres, ont à peine un morceau de pain noire : c'est une chose abominable,,, contraire à toutes les lois républicaines, et je *copine* pour qu'on lui envoye une députation, afin qu'il ait à dépendre sa cloche, ou bien on l'enlevera, et la confisquera au profit des pauvres patriotes. — Appuyé, appuyé, mention au procès-verbal.

J'ai, dit en se levant, un maçon jacobin, une *émission* d'ordre à proposer. La cocarde est un signe sensible que l'on est patriote ; or comme il ne doit rien y avoir d'aussi patriote qu'un maire, je demande qu'il porte la marque de la liberté sur le devant de son chapeau. Grande rumeur, je crus qu'on alloit se jetter les bancs à la tête. Qu'est-ce à dire, repartit Brutus-Thomas, est-ce qu'un maire est plus qu'un autre, est-ce qu'il doit avoir d'autre distinction que son écharpe, encore lorsqu'il est en fonction ? Je voudrois bien disoit l'un, qu'on pût le reconnoître hors de là, par la maniere dont il porteroit la cocarde. C'est donc à dire, crioit l'autre, que les maires et les *municipals* sont plus que nous ; et ne savez vous donc point qu'ils ne sont que nos délégués ; et que ce n'est qu'en nous que réside la souveraineté du peuple. A bas la *moction*, à bas, ils crierent tous, et si bien à bas, qu'elle n'eut point de suite, au grand regret de M. le maire, qui, dit-on, avoit payé trois bouteilles de vin à l'ami Duchêne, pour ouvrir cet important avis.

Je ne finirois pas si je rendois toutes les inepties que j'entendis dans cette cohue. J'en conclus que dans les petites villes, le jacobinage n'etoit que ridicule ; heureux s'il n'eût été que cela dans la métropole. Enfin nous rentrâmes la tête fatiguée de leurs vociférations, et presqu'ivres des exhalaisons vicieuses des freres et amis ; je me promis bien de n'y aller qu'antant que ce seroit nécessaire pour ma sûreté. Le lendemain Flamand présenta ses pétitions dont le visa passa à la pluralité , et je les envoyai à Cécile , qui apporta quatre jours après les deux commissions. Nous eûmes comme la premiere fois un entretien secret , dont elle fut très-contente ; d'autant que je vivois d'une maniere si sage , que nos rendez-vous , n'étant pas très-fréquens je payois en deux heures les arrérages d'une semaine : puis en déjeûnant nous causâmes des affaires d Paris. J'avois toujours oublié de demander ce qu'étoit devenu l'abbé d'e ***. — Il est toujours l'ami , le

conseil

conseil de la vicomtesse, il est dans toutes les entreprises; et sans respect pour son nom et son état, il passe sa vie avec toute la clique. T*** à pour lui le plus grand mépris, et comme il sait que c'est la Menerville qui vous poursuit, il la suivra de près et son complice, et s'il le prend en faute, il ne le manquera pas; car il est certain que tant que lui et la vicomtesse seront en crédit, vous avez tout à craindre. Quant à la baronne qui ne vaut pas mieux qu'eux, il faut la laisser dedans puisqu'elle y est, et soyez sûr qu'il y en a plus d'un qui y restent par le crédit de son parti à qui il pourroient nuire. — Quel dédale, lui dis-je, de perfidie, de vengeance! — Que voulez-vous? les circonstances y forcent, et la générosité n'est plus une vertu requise; la prudence est la seule qui soit de saison. Ce n'est pas que j'en aie beaucoup en venant ici; mais que voulez-vous? je ne puis oublier ce joli Auguste, qui a quinze ans étoit déjà un héros d'amour, et malgré le chagrin que vous m'avez fait alors, je ne vous en ai pas moins conservé le plus tendre souvenir.—Mais au fait, vous aviez une plaisante fantaisie de vouloir m'épouser, étant grosse d'un autre. — J'avoue que je n'aurois pas eu cette audace : c'est ma mere qui m'avoit dit qu'elle m'étrangleroit si je n'étois pas votre femme, je n'en savois pas davantage. J'avois été la dupe à Paris de mon maître de danse, ma mere, qui n'en savoit rien, m'emmena à Olnac, où Commemouche me fit sa cour; et heureusement qu'en arrivant je ne lui avois pas tenu rigueur; mais tout cela n'auroit flatté la vanité de mon pere et de ma mere, comme de me voir comtesse. A présent ils en seroient bien fâchés, car ils détestent autant la noblesse qu'ils l'aimoient alors : pour moi, j'aime bien mieux, dès que je vous ai retrouvé, que tout cela se soit arrangé de cette maniere; car il faut en convenir, ce joli front n'étoit pas fait........ Mais ce qui m'afflige, c'est que vous soyez mal à votre aise. J'espere, lui dis-je, avec cette fabrication d'armes, refaire ma fortune. — Je le désire beaucoup; jamais, mon cher Auguste, vous ne serez aussi heureux que je le souhaite : mais à propos, vous êtes marié. — Mon Dieu, oui. — Et a-t-il fallu ?— Non, j'y ai mis toute la politesse imaginable; mais on n'a pas voulu de mon offrande, et je n'ai pas insisté. — Je parie que vous vous en seriez bien tiré. — Cela peut être; et ce qui auroit soutenu mon courage, c'est la certitude que j'aurois été le premier qui ...... — Peut-être que non. — Mais j'aime tout autant n'avoir pas eu à tenter l'aventure : mais supposons un moment, ma chere Cécile, que c'est vous que Mathurin Lullier a épousée; et la supposition plaisant à la belle, de doux plaisirs scellerent nos adieux. Dès qu'elle fut partie, je remis à Flamand ses deux commissions qu'il porta dès le soir au club, et il prit congé des freres et amis pour se rendre à Clermont.

Avec quel empressement j'attendois son retour, parce qu'il étoit convenu que nous ne nous écririons point ; mais je l'avois chargé d'une lettre pour M. d'Albon ; et comme je me plais à remettre sous mes yeux ces témoignages d'attachement pour le plus digne des hommes, je vais la copier littéralement.

Corbeille, le 7 mai 1793.

« Je puis donc enfin, mon pere mon seul et unique ami, vous faire parvenir ces preuves de mon éternel dévouement. Celui qui vous remettra cette lettre vous instruira, dans le plus grand détail, de tout ce que j'ai fait depuis mon départ d'Olnac et par quel bonheur j'ai échappé à mes ennemis. Je traite la chose plus gaiement que beaucoup d'autres, et je ne m'en tirerai peut-être pas plus mal ; et sur-tout je trouverai les moyens de délivrer tout ce que j'aime. Conservez-moi le cœur d'Euphrasie. O ! mon pere, vous ne pourrez un jour me refuser sa main car je me flatte toujours que je trouverai les preuves qui détruiront entiérement l'obstacle que vous mettez à notre bonheur. Oui, notre bonheur, qui sera le vôtre! Où trouverez-vous un fils aussi tendre que moi? Qui aimera mon Euphrasie comme je l'aime? Ah! que ne puis-je moi-même vous remettre cette lettre! Que ne puis-je presser contre mon cœur, celui à qui je dois tout! couvrir de baisers la main de l'idole de mon ame, et vous assurer tous deux que je ne vis que pour vous; et qu'il n'y a pas une seule de mes démarches qui ne vous ait pour objet, comme il n'y a pas une seule de mes pensées qui ne soit à vous.

Je suis, etc. ».

Le comte de VERGY.

Deux mois se passerent sans que Flamand revînt, et jamais je ne me suis aussi mortellement ennuyé. J'aimois le bon André; mais je savois par cœur toutes ses histoires, tant je les lui avois entendues répéter dans mon enfance. Jeannette m'inspiroit beaucoup d'estime; mais ce n'étoit plus ma jolie petite gouvernante. Les soins de son ménage, le nombre d'enfans qu'elle avoit eus, et enfin le tems qui, tout en cheminant, enleve quelques appas, la mettoit à l'abri de toute séduction de ma part. Il eût été possible que si elle m'eût ouvert le premier soir que je suis arrivé, l'imagination échauffée de mes souvenirs, je me fusse trouvé pour elle comme à treize ans; mais ce premier moment passé, elle n'étoit plus pour moi, comme je l'ai déjà dit, qu'une respectable mere de famille; et ce qui n'inspire que le respect, avec une tête comme celle que j'avois encore, n'est pas très-amusant.

Pour ma femme constitutionnelle, c'étoit bien pis encore. Si malgré son infirmité elle étoit bonne, elle n'avoit point reçu de la nature le dédommagement que les bossus ont presque toujours, un esprit qui leur est particulier; on pouvoit dire qu'elle étoit bonne et bête. Je n'avois pas la ressource des livres, si ce n'est quelques mauvais romans que Jeannette me procuroit quelquefois ; il ne me restoit donc que le travail des mains. Flamand, avant son départ, m'avoit appris à faire assez bien des platines, et j'étois en état de surveiller les ouvriers. Cette occupation me plaisoit d'autant plus, qu'elle me procuroit les moyens, non seulement de n'être plus à charge à André, mais même de lui être utile. Cependant, je me disois souvent : qui auroit imaginé que je serois devenu forgeron ? Cela étoit absolument nécessaire pour l'accomplissement de mes projets; et sans cette forge, je n'aurois pu les mettre à fin : mais Flamand ne revenoit pas, et rien ne pouvoit commencer avant son retour.

Cécile n'étoit plus si exacte à nos rendez-vous, soit que T ***, la surveillât davantage, soit qu'elle se partageât encore avec d'autres. J'aurois bien pu trouver quelque distraction dans le voisinage ; mais Mathurin Lullier ne pouvoit avoir accès chez les belles dames de Corbeil, et je n'ai jamais aimé les rôles secondaires. Vous me direz : mais à Olnac, la petite femme de chambre n'étoit qu'une paysanne : j'en conviens ; mais mon cœur étoit occupé d'Euphrasie, avec qui je passois les jours les plus délicieux, et je n'avois nul besoin de traiter d'égal à égal avec elle ; au lieu que pour obtenir les faveurs d'une de ces petites filles, il auroit fallu leur faire ma cour, et je ne m'en sentois pas le courage. En outre, ne devois-je pas à la bonne Elisabeth, pour la complaisance qu'elle avoit eue de passer pour ma femme, de paroître lui être fidelle. Toutes ces réfléxions réunies, firent que je m'en tins aux momens que Cécile vouloit bien me donner, vu que si elle avoit moins d'amour, elle n'en avoit, je crois, que plus d'amitié. Elle m'instruisoit avec un soin extrême de tout ce qui m'intéressoit. Elle me dit un jour : T***

assure que l'étoile de l'abbé d'e***
pâlit, il s'est embarqué dans une
fort grande affaire, dont je crois
qu'il ne se tirera pas, malgré les in-
trigues de la Menerville; et ce qu'il
y a de pis, c'est qu'il pourra bien y
perdre la vie, et sa mémoire sera
flétrie dans l'un et l'autre parti; car
il paroît que c'est une friponnerie in-
signe. Ce que je veux, ajouta-t-elle,
c'est que si la vicomtesse y a trempé,
elle partage son sort comme elle a
partagé ses crimes. — Je m'en rap-
porte à vous sur cela, ma chere Cécile : quand deux femmes se haïs-
sent, on peut être sûr qu'elles se
font tout le mal qui dépend d'elles.
Les hommes se battent, se tuent
quelquefois; mais ils n'ont pas la
patience de la vengeance féminine.
— Ingrat, c'est pour vous que j'ai
juré la perte de cette femme. Ce
n'est pas que je n'aie bien des re-
proches à lui faire pour mon compte;
mais comme j'ai quelque supériorité
sur elle du côté de la figure, je la
crains peu; et si elle n'avoit pas juré

votre perte, je pourrois lui pardonner. — Et Eulalie, lui disois-je, quand reviendra-t-elle ? — Cette Eulalie vous tient bien au cœur. — Non, je vous jure; mais j'en ai besoin. — Et pourquoi ? — Permettez-moi, belle Cécile, de ne pas vous en dire encore la raison. Mais vous la saurez après le retour de Flamand. — A propos de Flamand, il a fait de belles choses. — En a-t-on des nouvelles ? — Eh! sûrement, il a rendu compte au comité de salut public de sa mission, il a destitué mon pere et mon mari. — Bon. — Et c'est, je l'avoue, ce qu'il pouvoit faire de mieux généralement parlant; mais c'est ce qui m'oblige à mettre plus de circonspection dans nos entrevues; car si ma mere savoit que je mets le pied dans cette maison, elle est femme à se porter contre moi aux plus grandes violences. — Comment a-t-il pu leur ôter leurs places? — Je ne le sais pas; mais il est certain qu'ils ne sont plus rien l'un et l'autre, au grand désespoir de ma mere et de mon oncle, et plus encore de la vicomtesse, qui comptoit sur eux pour garder la famille d'Albon ; et il seroit possible que Flamand, en voulant servir vos parens, leur eût nui ; car n'ayant plus personne à Clermont, sur qui cette furie puisse compter, elle remuera ciel et terre pour les faire transférer à Paris. Vous savez qu'alors ils seront perdus ; et que ma mere s'uniroit à la Menerville, pour les faire périr, n'ayant jamais pu pardonner à votre cousin la hauteur avec laquelle il nous a traitées. — Masi comment pourroient-elles y parvenir? M. d'Albon ne s'est mêlé de rien depuis la révolution. — Sa femme étoit d'une conjuration royaliste. C'est à cette époque qu'elle s'est enfuie de Paris, et que les scellés ont été mis chez elle. On n'a point encore suivi cette affaire, parce que les deux belles sœurs ont paru se raccommoder, ayant un intérêt commun, qui étoit de vous faire assassiner juridiquement. Mais la vicomtesse hait toujours la baronne, à qui elle n'a jamais pardonné d'être plus jolie qu'elle. Ainsi, à la premiere occasion, cette haine se réveillera, et elle enveloppera dans son malheur tout ce qui lui appartient; et s'ils viennent à Paris, ce peut-être l'affaire de trois jours. — Vous me faites frémir; mais j'espere encore que ce présage ne se réalisera pas. — J'y ferai tout mon possible; et si Eulalie étoit de retour, nous l'emporterions sur la horde jacobine; car B*** a beau faire, il tient toujours à sa caste, et s'il lui fait du mal, c'est moins à ce que dit T***, par haine contre elle, que par la crainte que les revenans ne le punissent de les avoir abandonnés, pour donner dans les extravagances du jour.

Ces conversations m'instruisoient de ce que j'avois à craindre et à espérer; car Cécile, qui n'avoit tout juste d'esprit que ce qu'il en faut pour n'être pas bête, répétoit mot à mot ce que lui disoit T***, qui

étoit

étoit un homme de mérite, et qui n'avoit d'autre tort que son extrême foiblesse, qui l'empêchoit de prononcer son opinion, défaut qui alors n'étoit que trop commun, et qui entraîna tous les malheurs qui ont désole la France.

Mais on voit bien que je m'ennuie, et je ne tarderaipas à vous faire éprouver le même mal par mes tristes réfléxions. Allons, Auguste, secoue-toi, sois encore assez mauvais sujet pour saisir le côté plaisant; car il y en a toujours un : pense que dans six mois tu seras riche, que tandis que toute la France n'a que des feuilles de chêne, toi tu auras de l'or; et que tout homme qui a de l'or, et beaucoup d'or, peut braver tous les maux, se faire craindre, aimer comme il veut; qu'il tient en sa main le mobile de presque toutes les actions des mortels; et l'homme de génie qui a dit: *l'argent ne doit être regardé que comme moyen, jamais comme but*, avoit une trop bonne opinion de l'espece humaine;

car je le demande à tous ceux qui suivent les différentes carrieres qui leur sont offertes, si sur cent il y en a deux qui pourroient répondre de bonne foi qu'ils ne songent qu'à l'utilité publique et à la gloire. Tous, c'est de l'or qu'ils veulent; et bien, j'en aurai, je leur en donnerai, et alors ils me serviront, ils délivreront mon Euphrasie, son pere. Nous nous retirerons à quinze ou vingt lieues de Paris, où nous serons tranquilles. J'ai remarqué que dans les convulsions révolutionnaires, il se forme différens tourbillons, dont le centre est violemment agité, et dont les extrêmités des rayons sont calmes. Le baron n'a rien de cette morgue qui ne sait point plier aux circonstances; Euphrasie n'aura d'autres volontés que celles de son pere; madame Duval est la raison et la douceur même; que ferons-nous de madame d'Albon? Ma foi je n'en sais rien. Je lui donnerai de l'or pour nous laisser tranquilles. Elle n'en voudra pas recevoir. Je lui ferai restituer la valeur de son écrin, et ses assignats; et alors elle ne restera pas avec nous, ayant la possibilité de vivre ailleurs. Tout cela est très-bon; mais si M. d'Albon s'obstine à ne pas me donner sa fille, sous prétexte de mes prétendues liaisons avec sa femme, avec de l'or j'aurai des preuves. Les scellés sont mis sur les papiers de la baronne; j'obtiendrai qu'on me les remette. Ce sera une bonne action, puisque je l'empêcherai d'être condamnée, comme ayant trempé dans la conspiration; mais une fois possesseur de ces mêmes papiers, j'y trouverai, ô oui, j'en suis sûr, quelques lettres de la vicomtesse ou même de l'abbé qui prouveront, que jamais je ne fus le pere de cet enfant, qu'on vouloit faire prendre si doucement au baron; et alors il ne s'opposera plus à ma félicité.

Voilà, me direz-vous, de magnifiques châteaux en Espagne; et l'on voit bien que vous avez été bercé avec des contes de vieilles. Non point du tout, rien de si réel : et mes forges donc, les prenez-vous pour une ressource illusoire ? — Je sais bien qu'en trompant la République, sur dix mille fusils que vous fabriquerez, vous pourrez bien gagner trente mille livres. Encore est-ce beaucoup ; car il faut que le fournisseur gagne, et ait de quoi payer la maîtresse du commis, qui le lui fera avoir : qui paiera celle du représentant du peuple dont il aura la signature ? et avec trente mille francs vous serez loin de faire tout ce que vous voulez. — Aussi n'est-ce pas trente mille livres qui me rendroient si joyeux ; de compte fait il me faut un million. — Et vous croyez qu'en forgeant des armes, vous gagnerez cette somme : en assignats, peut-être? — Non, en lingots d'or. — Allez, mon pauvre Auguste, vous êtes aussi fou que votre vieux grand-pere. — Je vous prouverai le contraire avant qu'il soit deux mois. — Je le désire ; mais je n'en crois rien.

C'étoit par ces délicieux projets

que je charmois l'impatience que me causoit l'absence de Flamand. Enfin nous le vîmes arriver, et si quelque chose put augmenter la joie que me causoit son retour, ce fut de voir avec lui mon bon Champagne. — Et comment as-tu pu sortir, mon ami? — Par les pouvoirs de Flamand, monsieur le comte. —Tais-toi donc, ne sais-tu pas que je m'appelle Mathurin Lullier?— Personne ne nous écoute. — C'est égal, il faut prendre l'habitude de me nommer ainsi. Et n'auriez-vous donc pas pu aussi délivrer mes parens? Impossible, dit Flamand, je me serois perdu sans les sauver. Je n'ai pu faire sortir Champagne que comme un patriote opprimé; et des nobles ne peuvent passer pour l'être. — Mais comment se portent Euphrasie, son pere?.....
— A merveille, excepté madame d'Albon, que la rage consume. Mais voici un journal que M. le baron m'a remis, qui vous instruira plus que je ne pourrois vous dire.

Je remis à le lire dès que je serois

rentré dans ma chambre, et continuai à lui faire mille questions, auxquelles il répondoit parfaitement, parce que c'étoit un homme de très-bon sens. Champagne nous interrompoit souvent par des exclamations de joie de me revoir; et Jeannette par ses timides marques de tendresse à son époux qu'elle adoroit, et dont l'absence l'avoit plus affligée qu'elle n'en étoit convenue. André, qui étoit assez curieux, faisoit toujours reprendre le fil de la conversation. Après avoir demandé vingt fois les mêmes choses touchant M. d'Albon et sa fille, nous parlâmes de Trichet et de Commemouche. Comment, lui dis-je, avez-vous pu les faire destituer? — Bien facilement.—Le beau-pere, en prouvant qu'il s'étoit dit noble. Est-il possible, ai-je dit aux freres et amis, que vous supportiez d'avoir pour maire, un homme qui a voulu jusqu'à la révolution, se faire passer pour être de la caste proscrite? Mais il n'en est point, me crioit-on de tous les coins de la salle. — Et en est-il moins coupable. Pour moi, je pense qu'il l'est infiniment plus ; car les nobles ne doivent leur malheur qu'au hazard, ils n'ont pas pu faire qu'ils fussent nés d'un maçon ou d'un perruquier ; mais Philippe-Herbert Trichet, fils d'un pâtissier de Chartres, qui, parce que son pere l'avoit placé dans la connétablie, s'imagine en imposer aux bonnes gens de ces montagnes, où son beau-frere avoit obtenu une petite cure, pour se dire gentilhomme ; certes, je le répete, il est mille fois moins digne de remplir les fonctions de municipal, que le noble, le plus noble, qui pourroit de bonne foi abjurer les distinctions ; au lieu que votre Philippe-Herbert Trichet a aimé la noblesse jusqu'à la folie, jusqu'à mentir pour se faire croire noble ; et s'il y renonce dans ce moment, c'est qu'elle ne sert plus à obtenir des distinctions : c'est une aristocratie innée en lui ; et si vous vous obstinez à garder un pareil homme à la tête de la municipalité : j'en rendrai compte à la société-mere, qui ne voudra plus avoir avec vous aucun rapport, et vous rejettera de son sein.

On m'applaudit à tout rompre. Quatre freres ont été envoyés à Trichet pour lui ordonner de quitter l'écharpe, comme s'étant dit noble : il a voulu raisonner, on la menacé de le faire mettre dedans ; et il a donné sa démission.

Il restoit Commemouche que je ne voulois pas plus laisser en place que son beau-pere. J'avois dressé mes batteries, et je me trouvai à la premiere assemblée. Après avoir complimenté les freres et amis de l'énergie qu'ils avoient mise pour forcer Trichet à quitter l'écharpe dont il étoit indigne, je vins à son gendre. Ici il falloit plus d'adresse, Commemouche étoit connu pour un de ces patriotes vigoureux, qui étoit dans les grands principes, qui ne respiroit que plaie et bosse, soit par l'habitude qu'il en avoit contractée comme chirurgien ; soit que naturellement méchant, il se plût autant à voir souffrir, qu'un autre auroit de satisfaction à rendre heureux ses semblables. Il dénonçoit à tort et à travers ; il lançoit des mandats d'amener, il se chargeoit lui-même de les signifier ; enfin c'étoit un véritable Michel-Morin. Il n'étoit pas question de l'accuser d'aristocratie, c'eût été manquer mon but. Je commençai donc par louer à l'excés les vertus civiques de l'ami Commemouche, qui par parenthese, étoit venu à Clermont, et se trouvoit à l'assemblée où il avoit obtenu les honneurs de la séance. Vous auriez trop ri en le voyant se pavaner, en entendant et mes éloges et les bruyans applaudissemens dont ils étoient couverts. Quand je l'eus bien laissé savourer la fumée de l'encens, je m'écriai : qu'est-ce qu'un patriote, mes amis? c'est l'homme qui fait pour son pays tout le bien dont il est capable : or pour cela, il faut que chacun employe ses facultés dans les talens qu'il possède. Il est donc parfaitement nécessaire que Commemouche reste officier de santé, il est bien plus utile dans cette partie que dans celle de juge de paix. Qu'est ce qu'il faut pour être juge? Etre incorruptible: tous les patriotes le sont. Avoir le sens droit: tous les patriotes l'ont. Savoir signer son nom: ceux qui ne le sauroient pas, l'apprendroient en trois ou quatre jours. Au lieu que pour être chirurgien, il faut savoir bien des choses que tout le monde n'a pas apprises et ne peut apprendre; et comme on ne peut bien remplir deux fonctions à la fois, j'insiste pour que Commemouche donne une preuve de son ardent patriotisme, en se démettant de sa place de juge de paix, pour se livrer entiérement à la pratique de son art. Notre rusé coquin pris au piége, ne sut comment en sortir; toute l'assemblée étoit de mon opinion, il n'osa pas être d'un avis contraire, et séance tenante il abdiqua les fonctions de juge de paix. Ainsi débarrassé d'eux, j'ai fait nommer à leur place de fort honnêtes gens, qui traiteront parfaitement vos parens. Je faisois toute sorte de complimens à Flamand de la maniere dont il s'y étoit pris, lorsque Champagne nous interrompit pour nous dire: tout ce qu'il vous conte là de Trichet et de son gendre est fort intéressant; mais moi je veux vous raconter la maniere dont il est entré dans la maison de détention, parce que cette scene-là est vraiment comique.

Nous nous ennuyions comme on s'ennuie en prison, Valleroy et moi; car M. le baron, mademoiselle et madame Duval s'occupoient tout le jour, ce qui fait que le tems passe. Pour madame, elle étoit trop en colere pour pouvoir s'appercevoir aussi de la longueur du tems; et tout ce qu'elle met à sa toilette, et à pester contre la République, lui fait trouver les jours plus courts; mais nous, dis-je, pauvres diables, nous bâillions du matin au soir, et nous n'avions d'autre divertissement que de

jouer à la boule dans une asse
grande cour, qui étoit jadis cell
de l'abbaye, dont ont a fait depui
la prison.

Tout-à-coup nous entendons ar
rêter une chaise de poste, et nou
voyons entrer un grand homme ave
un bonnet de police, une carmagnol
bleue, et un gillet rouge. Bon, dis
je, à Valleroy, en voilà encore u
nouveau : selon toute apparence, ces
ce commissaire dont on nous parl
tant depuis quinze jours; il a l'ai
bien rébarbatif. Le concierge ba
valet de tous ces coquins-là, l'ac
compagne dans les chambres de
détenus; nous les suivons, et je n
suis pas sans inquiétude, quand j
le vois entrer d'abord chez mo
maître. — C'est donc vous, qui vou
appellez d'Albon? — Oui, monsieu
— Etes vous marié? oui, et voil
ma fille. —Je suis chargé d'interroge
secrétement tous les prisonniers
Votre femme n'est pas là, c'est égal
je la trouverai bien, on fera so
affaire à part; la vôtre et la sienn

ne sont pas les mêmes, et nous regardent. Quels sont ces hommes ? — Mon valet de chambre et mon laquais. — Il paroît qu'on vous à bien traité : deux domestiques ! vous ne vous sentez pas de la révolution ; toujours des airs de baron, mais il faudra bien y renoncer. Nous allons régler tout cela ; mais avant, il faut que vous répondiez à tout ce que je vous demanderai. Dubourg, c'étoit le nom du concierge, laisse nous.

M. d'Albon, assis le coude appuyé sur une mauvaise table qui étoit dans sa chambre, ne paroissoit pas se mettre en peine de répondre au commissaire, et n'éprouvoit que de l'impatience de le voir dans sa chambre. Dès que le concierge se fut retiré, monsieur se leve, et dans un mouvement de colere, il vient droit à cet homme qui lui déplaît si fort, et lui dit : et bien, commencerez-vous bientôt ce fameux interrogatoire ? Je vous conseil de vous en éviter la peine ; car je ne répondrai rien. —

Ah! je puis vous assurer que vous répondrez, disoit l'autre, et même avec plaisir. — Je ne le crois pas ; tout ce qui a rapport aux gens de votre espece, ne peut jamais me plaire. Aurez-vous bientôt fini, et me laisserez-vous tranquille dans ma triste retraite ? — Mais si je vous remettois une lettre. — Une lettre! de qui ? Et cet homme, ce commissaire, qui déplaisoit si fort, dès qu'il eut fait voir de votre écriture, fut embrassé, fêté du pere, de la fille, il falloit voir. Il est certain, reprit Flamand, qu'il est impossible d'être traité avec plus de bontés. Mais, monsieur, continua Champagne, c'est que c'étoit un véritable coup de théâtre ; on ne vouloit plus le laisser en aller, on ne finissoit pas de lui faire des questions. Cependant il ne falloit pas donner de soupçons, et le commissaire devoit faire sa tournée. On convint que madame d'Albon ne sauroit point qui étoit Flamand. J'avois, dit celui-ci, quelqu'envie de lui faire peur pour la punir de tout le mal qu'elle a fait à M. Auguste; mais quand je la vis si pâle, si maigre, je ne crus pas devoir ajouter aux tourmens qu'elle se cause: je l'interrogeai, et pris sa pétition pour la forme; car du style dont elle étoit conçue, il y auroit eu tout à craindre qu'elle ne lui fît infiniment plus de mal que de bien. Je l'engageai seulement à modérer l'aigreur de ses plaintes. Elle m'envoya à-peu-près promener: avec moi cela ne faisoit rien; mais si malheureusement on y envoyoit un autre commissaire, elle se perdroit, et elle entraîneroit peut-être dans son malheur, ce qu'il y a de plus estimable au monde. Il étoit convenu que je reviendrois à quelques jours delà pour chercher la réponse de M. d'Albon. En attendant, je m'occupai à faire sortir de la prison le plus de détenus qu'il me fut possible. J'ai été un des premiers, dit Champagne. — Cela devoit être. Valleroy n'a jamais voulu quitter son maître; et beaucoup de domestiques en ont fait autant. J'ai fait faire des réparations pour que vos respectables parens fussent moins mal logés. Enfin j'ai fait tout ce qui a dependu de moi ; et si j'avois pu les emporter, je l'aurois fait : mais je crois qu'en séparant leurs intérêts de ceux de la baronne, il seroit possible de leur rendre la liberté. Ah! je connois Euphrasie, repris je, elle ne voudra point abandonner sa mere, malgré tout le mal qu'elle lui a fait, et je ne puis qu'approuver cette maniere de penser : il n'est aucun tort de nos parens qui puisse nous autoriser à manquer à ce que nous leur devons ; mais j'espere que grace à nos forges, dont il faut absolument nous occuper, nous les sauverons tous. Mais il est tard, vous devez être fatigué, demain nous causerons.

J'étois très-empressé de lire le journal de M. d'Albon. J'eus beau faire, il fallut que Champagne vînt me déshabiller. Je lui disois que Mathurin Lullier n'avoit pas besoin de valet de chambre. Il me soutint que sous quelqu'habit que je fusse, il me reconnoissoit toujours pour son bon maître, qui ne l'avoit jamais traité comme les autres jeunes gens qui battent leurs valets, et ne les payent pas; au lieu que moi je les payois bien, et ne leur avois jamais dit que des paroles agréables; aussi avoit-il plus de plaisir à me servir, qu'il n'en auroit à l'être lui-même. J'espere, mon ami, lui dis-je, que je recompenserai ton zele; mais écoute, je voudrois bien que tu allasses demain à Paris, savoir si Eulalie n'y est pas arrivée. Je soupçonne une belle dame qui a quelques bontés pour moi, de me cacher son retour. — Ah! monsieur le comte, avec bien du plaisir: d'ailleurs, j'en aurai beaucoup à revoir cette bonne demoiselle, qui sera sûrement enchantée d'avoir de vos nouvelles; et je convins qu'il partiroit dès la pointe du jour.

Quand il fut sorti de ma chambre, je lus le journal, qui me pénétra de respect et de vénération pour M.

d'Albon. Sa belle ame se montroit toute entiere dans cet écrit, où tous les jours il se rendoit compte des différentes sensations qu'il éprouvoit dans ce triste séjour. Il déploroit les maux de son pays, et en étoit plus affligé que des siens propres. Il envisageoit le terme fatal que pouvoit avoir sa détention, en sage, qui a su de loin se préparer à ce moment, que nul homme ne peut éviter. Le sort de sa fille étoit la seule chose qui paroissoit l'inquiéter. Il me la recommandoit, et s'en rapportoit à mon honneur, si jamais nous étions réunis, pour ne pas me rendre coupable d'un crime, en l'épousant, si... Il s'allarmoit aussi de ce que deviendroit sa femme, non qu'il l'aimât encore, mais il l'avoit aimée; et l'idée qu'elle pourroit être conduite à l'échafaud, le faisoit frémir: mais aussi si elle lui survivoit, que de tourmens ne feroit-elle pas éprouver à Euphrasie. Il se rendoit compte aussi de ses occupations, de celles de sa fille. Il louoit sa douceur, sa patience, sa résignation, ses soins constans pour sa mere, malgré la froideur que celle-ci lui marquoit. Il n'y avoit presque point de journée, où il ne parlât de moi. Je vis par ce journal qu'il avoit reçu la lettre que j'avois chargé le concierge de lui remettre ; mais n'ayant point eu depuis de mes nouvelles, il osoit à peine lire les papiers publics, dans la crainte de trouver mon nom dans les fatales listes. Enfin, jamais écrit ne fut plus fait pour me faire connoître avec quel excès de bonté il s'occupoit de moi ; aussi redoubla-t-il le désir de lui donner des témoignages de mon attachement, en lui rendant, et à sa famille, la liberté et le bonheur.

Champagne revint dès le même jour de Paris. Tu ne l'as donc pas trouvée, lui dis-je. — Au contraire, monsieur, et voilà pour quoi je suis revenu si vîte : c'est qu'elle vous attend demain à Meudon. — Y a-t-il long-tems qu'elle est de retour ? — Plus d'un mois ; elle est bien fâchée que vous ne lui ayez pas fait dire plutôt que vous étiez ici, car elle vous aime toujours de tout son cœur, et il n'y a rien qu'elle ne fasse pour vous, sans pouvoir, dit-elle, s'acquitter jamais de tout ce qu'elle vous doit. — Je fus bien fâché de m'en être rapporté à Cécile avec tant de confiance ; et je me promis bien, la premiere fois qu'elle viendroit, de lui dire mon avis sur cette supercherie, qui m'avoit fait perdre un tems si précieux.

Je partis le lendemain au lever du soleil, pour me rendre à Meudon; et je n'étois qu'à deux lieues de Corbeil, que j'apperçus Cécile : je n'avois nulle envie d'y retourner pour déjeûner avec elle ; je lui en voulois de ses mensonges, et pour l'en punir, je lui laissai faire le voyage inutilement. Je me trouvois à l'entrée d'un petit bois, où je m'enfonçai pour la laisser passer sans qu'elle me vît. Quand je fus sûr que Cécile ne pouvoit plus m'appercevoir, je continuai ma route, et comme je ne vouois pas passer par Paris, je fus obligé de faire un assez long circuit pour me rendre à Meudon. Il étoit près d'onze heures quand j'arrivai, et le soleil se faisoit sentir d'une maniere assez forte; de sorte que j'étois couvert de sueur et de poussiere. Je pensai qu'en cet état je ne serois pas fort agréable à la voluptueuse Eulalie, qui croyoit toujours revoir cet Auguste, à qui elle avoit donné la premiere leçon. Mais que faire? il n'y avoit aucun moyen de me présenter à elle d'une maniere plus brillante; ainsi je pris mon parti d'arriver au rendez-vous en véritable souverain. Champagne m'avoit parfaitement indiqué la partie du château qu'occupoit B***. Je trouvai donc très-facilement son appartement, et dès que j'eus demandé mademoiselle Eulalie, on m'introduisit dans un petit cabinet, où l'on me dit de m'asseoir, qu'elle ne tarderoit pas à venir. Elle entra peu de tems après, et se jettant à mon cou: Enfin vous voilà, quelle inquiétude vous m'avez donnée; et elle m'embrassoit de tout son cœur. Mais, mon Dieu, lui disois-je, vous êtes mille fois trop bonne. Regardez donc comme je suis fait. — Toujours charmant, sous quelqu'habit que vous soyez. — Mais je fais peur. — Charmant, vous dis-je; mais il faut déjeûner. — Non, si vous voulez me faire le plus grand plaisir, faites-moi préparer un bain. — Très-volontiers, si cela vous plaît; car pour moi je vous trouve tout aussi frais, l'air tout aussi fringant que dans mon boudoir de la rue de Provence. Comme vous resterez avec moi jusqu'à demain au soir, je veux bien perdre une heure du tems que nous avons à passer ensemble. Elle sonna, et ordonna qu'on me conduisît dans son cabinet des bains, qui étoit délicieux. Ce n'est pas la premiere nymphe de l'Opéra qui a recours à ce moyen pour changer en Céladon, le grossier personnage dont elle a fantaisie. Ainsi j'étois parfaitement dans mon rôle, et Mathurin Lullier pour être admis dans le boudoir d'Eulalie, avoit besoin de quelque préparation. Je vis avec plaisir que rien n'étoit oublié dans ce lieu de délices, ce qui me fit penser que ma bonne Eulalie avoit toujours les jouissances qui lui étoient agréables. Quand je fus sorti du bain, un valet très-élégant vint arranger mes cheveux, et m'apporta une robe de chambre de basin; je jettai les yeux sur la glace, et je reconnus encore Auguste, ce qui me fit un certain plaisir. Lafleur me dit que sa maîtresse m'attendoit pour déjeûner. Je m'en acquittai en homme qui avoit fait au moins huit lieues à pied. Elle me fit raconter toutes mes aventures qui l'intéresserent beaucoup. Je lui parlai d'elle. — Ah! c'est toujours la même chose, B*** a remplacé le vicomte, un autre remplacera B*** s'il meurt ou s'il me quitte. Du reste, je suis toujours aussi constante en amitié, que volage en amour; et il n'est rien que je ne fasse pour vous.

Que désirez-vous ? — Ce qui en soi est le moins digne des vœux d'un galant homme, et dont on peut le moins se passer. — De l'argent ?

C'est toi qui l'as nommé.

— J'ai cinq cents louis à votre service. — C'est trop avec deux cents, j'en aurai bien assez. — Il ne faut pas vous en gêner. — C'est tout ce qu'il me faut pour commencer ma fabrication. — Et que fabriquez-vous? — Des armes, ma chere Eulalie; pour vous, c'est l'amour qui se charge de vous en fournir, et celles-là sont sûres. — Mathurin Lullier, vous êtes toujours galant. — Toujours auprès de toi, ma chere Eulalie, parce que tu es toujours charmante.

Et sans perdre le tems, en discours superflus,

je le lui prouvai d'une maniere victorieuse.

Malgré ce que m'en avoit dit Cécile, elle étoit encore fort jolie, et ses manieres me plaisoient beaucoup plus que les siennes. Au milieu

lieu de mes plus doux transports, je me mis à rire aux éclats. Et qu'avez-vous, me dit-elle? — Je pense, que tandis que nous sommes dans ce joli boudoir, une femme, qui sûrement n'est pas sans mérite par sa figure, se morfond à m'attendre à Corbeil. Elle voulut savoir son nom; mais mon indiscrétion n'alla pas jusques-là. Elle me dit, qu'il étoit assez juste que je lui fisse ce sacrifice, moi, pour l'amour duquel elle faisoit infidélité à son pauvre B ***, qui avoit en elle tant de confiance. — Mais s'il alloit revenir? —Il n'y a pas de danger, il ne quittera pas l'assemblée, ils sont en permanence. Eh bien, lui dis-je, mettons, y aussi les plaisirs. J'étois de très-bonne humeur, et la certitude d'avoir l'argent nécessaire pour commencer mes travaux, me rendoit l'homme de France le plus joyeux. Nous passâmes une journée délicieuse; et tout en ayant l'air de ne parler que d'amour, c'est-à-dire de plaisir, je lui racontois tout ce que j'avois à craindre de la vicomtesse ; et elle me promit de ne rien négliger pour rompre ses mesures, et celles de son vilain abbé.

Après un souper aussi agréable que le dîner, il ne fut pas question de se séparer. Ayant répété plusieurs fois ma premiere leçon, je m'endormis auprès d'elle d'un sommeil aussi tranquille, que lorsque je n'avois pas quatorze ans ; mais un léger bruit que j'entendis dans la piece qui précédoit sa chambre à coucher, me réveilla, et bien m'en prit ; car entendant ouvrir la porte je me rappellai la maniere dont Eulalie s'étoit dérobée aux yeux de M. d'Albon, dans notre aventure de la rue du Bac, et je pris promptement ce poste un peu étouffant, mais très-sûr.

C'étoit en effet le maître du logis qui s'étoit échappé un instant pour voir Eulalie, et qui la trouva parfaitement endormie. Qu'on juge de son effroi dans le premier moment mais ne me sentant point auprès d'elle, elle se rassura. Qui vous attendoit, lui dit-elle, cette nuit ?— Je t'avois dit que je ne viendrois pas ; mais j'ai vu que tout étoit plus calme, et j'en ai profité pour venir passer quelques heures avec toi ; et en disant cela, il se coucha très-familiérement, et sans respect pour le pauvre Mathurin, qui ne s'amusoit nullement de sa position. Eulalie, qui me croyoit passé dans un cabinet de l'alcove, ne cherchoit qu'à prouver à B*** combien son retour lui avoit fait de plaisir ; et vingt fois je fus tenté de lui rendre le pinçon qu'elle m'avoit donné, et que je méritois beaucoup moins qu'elle dans ce moment ; mais je remis plus tard ma vengeance, n'en voulant point qui pût la perdre.

Cependant, notre député, fatigué des combats politiques, ne se sentoit pas très-disposé pour ceux de l'amour, et s'endormit profondément cinq minutes après qu'il fut couché. Eulalie éteignit les bougies, et s'endormit aussi. Alors sortant, quoiqu'avec peine de mon réduit, je m'élance par-dessus ce couple que Morphée tenoit sous sa puissan ce; et me souvenant que le cabinet des bains communiquoit à celui de toilette, dont la porte étoit restée ouverte, je le gagnai sans bruit, m'y enfermai, et me couchai dans un fort bon lit, où on avoit mis des draps le matin, en cas que je voulusse me reposer en sortant du bain.

La nuit se passa ainsi fort tranquillement. Aux premiers rayons de l'aurore, notre député reprit la route de Paris. Eulalie se leve aussi-tôt, me cherche par-tout; mais voyant que la clef du cabinet, où j'étois enfermé, étoit ôtée, elle imagina bien que j'y étois, et m'y laissa dormir. Cependant à neuf heures j'en sortis, et la trouvant encore dans son lit, je lui fis expier toutes les cajoleries qu'elle avoit faites à son député, et auxquelles il avoit si mal répondu. Elle ne concevoit pas comment du cabinet des bains, j'avois pu entendre tout ce que je lui répétois ; et lorsqu'elle sut que j'étois à cette même place, dont elle m'avoit appris la sûreté, elle ne put se défendre d'un peu de honte.

Ah! mon ami, me dit-elle en soupirant, quel sot métier, que celui que je fais! mais que voulez-vous? je mourrois de faim. Je puis vous assurer, mon cher Auguste, que si un être généreux et capable d'avoir assez de délicatesse pour ne rien exiger de moi, me donnoit une maison de campagne rapportant seulement trois mille livres, je m'y retirerois avec ma sœur, qui est veuve d'un fermier, qui lui a laissé pour tout bien cinq enfans, que là, je vivrois en honnête femme, et que je renoncerois à toute intrigue. Ce souhait que j'ai formé bien des fois, ne se réalisera pas. — Peut-être, ma chere Eulalie, s'il est bien sincere. — Ah! je vous le jure. Elle me compta mes deux cents louis, dont elle ne voulut pas de reconnoissance, et me fit promettre de la venir voir le plus souvent qu'il me seroit possible ; je le lui promis, et partis avec autant de joie d'avoir mes deux cents louis, que j'en avois eu de rapporter de l'hôtel d'Albon, les cent que mon grand-pere m'avoit envoyé emprunter; avec cette différence que les autres étoient pour une chimere, et ceux-là pour une chose aussi certaine...... oui, comme le disoit la marquise de Richefort, que deux et deux font quatre. — Vous riez; mais oubliez-vous donc mes forges?

De retour à Corbeil, je montrai à André les deux cents louis; et lorsque je lui dis qu'ils m'avoient été prêtés par cette même fille, à qui il avoit porté douze francs, il n'en pouvoit revenir. Enfin, de quelque part que vous les ayez, me dit-il, il faut en faire usage.

Champagne, lorsqu'il fut seul avec moi, me raconta qu'il avoit été bien surpris, environ deux heures après mon départ, de voir arriver Cécile Trichet, autrement dite madame Commemouche, en jeune muscadin, qu'il n'avoit pas fait semblant de la reconnoître, voyant qu'André et Jeannette croyoient que c'étoit un jeune homme. Elle a été très-surprise, me disoit-il, de ne pas vous trouver. Elle a fait mille questions, auxquelles personne, excepté moi, ne pouvoit répondre; mais je n'ai pas cru devoir l'instruire de vos démarches. On lui a offert à déjeûner, ce qu'elle a accepté, espérant, disoit-elle, que vous reviendriez; qu'elle avoit les choses les plus pressées à vous dire. On lui a proposé de vous écrire; elle a répondu : ces choses-là ne s'écrivent pas. Elle se promenoit de long en large, se frappoit le front d'impatience, alloit sur la grande route, pour voir si elle ne vous appercevroit pas revenir. Enfin à deux heures, elle a remonté à cheval, sans vouloir dire si elle reviendroit ou non, et paroissoit très en colere de ne pas vous avoir trouvé. — Eh bien, mon ami Champagne, il faut que tu ailles demain chez elle. — Non, c'est trop dangereux, la vicomtesse y est

toujours ; Flamand pourroit y aller.
— Non, elle demeure avec sa mere, qui étrangleroit le mari de Jeannette, pour avoir destitué M. Philippe-Herbert et son gendre. — Que diable ferons-nous ? — Le plus sûr est de n'y envoyer personne ; elle reviendra si elle veut. — Je crois, monsieur, que c'est le plus prudent.

Flamand s'étoit déjà occupé de retenir des ouvriers. Eulalie, chez qui je l'envoyai deux jours après, lui fit obtenir une réquisition de charbon et de fer. Il en acheta en assignats pour des sommes très-considérables, et bientôt notre attelier devint d'une activité qui surprenoit tous ceux qui nous voyoient travailler ; car j'étois toujours dans la forge, tandis qu'André et Champagne, dans un vieux bâtiment au fond de la cour, n'étoient occupés qu'à amener à bien mon heureuse idée. Le premier essai de leurs travaux fut si parfait, qu'il excita notre zele à continuer.

Lorsque je me livrois aux plus douces espérances, je crus que le ciel, conjuré contre moi, les anéantiroit entiérement. Il y avoit au plus trois semaines que nos forges étoient en train, et déjà j'avois cent mille livres en or. — Quoi! vous faisiez des fusils, et vous aviez de l'or. — Oui, c'est-là mon secret. J'étois si occupé de mes travaux, que je ne m'étois pas mis en peine de ce que devenoit Cécile, lorsque je reçus un billet d'une écriture inconnue.

Ce 10 Juin.

« Il y a plus de quinze jours que je suis revenue à Corbeil : vous n'y étiez pas; et vous n'avez pas seulement daigné me faire dire que vous étiez fâché que j'eusse fait un voyage inutile. J'avois des choses importantes à vous dire; mais votre indifférence, je l'avoue, refroidit mon intérêt, et je m'étois décidée à ne me plus mêler de vos affaires; mais ce matin, lorsque j'ai su que ceux qui vous intéressent, étoient arrivés à la conciergerie, je n'ai pu tenir à ma résolution, et je vous écris pour que vous ne perdiez pas un instant pour les sauver; mais sur-tout ne vous exposez pas, car malgré votre inconséquence envers moi, je sens que je serois bien touchée, s'il vous arrivoit malheur ».

Je fus désespéré en lisant cette lettre. Je fis aussi-tôt partir Flamand pour aller trouver Eulalie; je comptois bien plus sur le crédit de B ***, que sur celui de T *** ; je lui donnai trois mille livres pour les employer de maniere à pénétrer dans la prison, et y porter quelque consolation à mes malheureux amis. Je le chargeai aussi d'une lettre pour Cécile, qu'il devoit faire remettre à l'hôtel des patriotes ; car il y avoit trop de dangers pour lui que la Trichet eût son signalement. Je la suppliois de ne pas abandonner une famille qui comptoit sur elle; je lui mandois que si je ne lui avois pas écrit, c'étoit dans la crainte de la compromettre, mais qu'elle ne pouvoit douter de tout le regret que j'avois éprouvé, en ayant manqué un moment de bonheur qui étoit si rare ; enfin tous les mensonges que l'on dit en pareille occassion, mais avec le désordre où me mettoit la violente douleur que j'éprouvois ; car je ne savois où donner de la tête, et jamais je n'avois ressenti un si cruel chagrin, d'autant que je m'accusois encore de tous les maux de ce que j'aimois.

Sans ma fantaisie, me disois-je, de revoir ma premiere maîtresse quelques heures plutôt, je n'aurois pas laissé passer Cécile, sans lui rien dire, et alors j'aurois su le danger où étoit Euphrasie et son respectable pere. Mais j'étois destiné à faire sans cesse des fautes, et à m'en repentir.

A peine Flamand fut-il parti, que j'aurois voulu être à sa place. Je me reprochois d'être si timide : à quoi me servira, disois-je, de me conserver, si mes amis périssent ? ce n'est que pour eux que je tiens à la vie. Je l'avois dit cent fois à mes maîtresses, mais je ne l'avois jamais senti que pour Euphrasie, et son pere. Mes inconséquences, mes infidélités, ne tenoient point à mon cœur, il brûloit pour eux du feu le plus pur et le plus constant ; et l'attachement que j'avois pour l'un, et l'amour que j'avois pour l'autre, s'unissoient tellement, que je pouvois à peine les distinguer dans mon cœur; et plus j'avois exercé les facultés que j'avois reçues de la nature, pour les plaisirs, moins j'avois cherché à me lier par des chaînes indissolubles; et si j'en excepte madame de Metelbourg, je n'avois jamais compris qu'une maîtresse pût troubler un instant la tranquillité. Mais pour Euphrasie, pour son pere, je sentois qu'il n'étoit rien que je n'eusse affronté, plutôt que d'être réduit au malheur d'en être séparé pour toujours.

Qu'on se figure donc ce que j'éprouvois en voyant leurs jours menacés; mon agitation, mon trouble ne pouvoient se rendre. Enfin, la d'une attente qui me tuoit, je pars malgré les prieres, les larmes d'André et de Jeannette; et m'étant muni de de beaucoup d'or, je vais droit chez madame Trichet, ou pour mieux dire à l'hôtel des patriotes. La joie qu'eut l'hôtesse en me revoyant, m'eût fait rire dans toute autre occasion, mais j'étois trop tristement occupé, pour que ses burlesques exclamations pussent même me distraire. Après avoir à peine répondu à ses vives caresses, je demandai si madame Trichet étoit chez elle ? — Pardi oui, elle y est; mais que lui veux tu ? — Que vous importe ? j'ai à lui parler. — Tu n'en as donc plus peur ? — Peur ou non, il faut que je lui parle. — Et bien, montes tu la trouveras avec son frere. — Tant mieux. Je monte donc, et poussant la porte, je vois cette hideuse figure, qui lisoit et commentoit le pere Duchesne. Assez surprise de ma brusque arrivée, elle me demande ce que je veux. — Faire votre fortune et celle de votre frere. — Et comment t'y prendras-tu, toi qui parois n'avoir pas fait la tienne ? — En vous donnant beaucoup d'or, et en disant cela je lui montre deux lingots. — Qu'est-ce que cela signifie mon frere ? Le député sans répondre en prend un, l'examine : ma foi c'est de l'or. — Oui, du meilleur, et j'en ai comme cela à ma disposition tant que j'en veux. — Diable tu es bien heureux! — Il ne tiendra qu'à vous de l'être autant; mais il faut pour cela ne plus faire de mal, et sur-tout à la famille d'Albon. — Et quel *intérêt-z'y* prends tu ? — Pouvez vous me le demander, et ne reconnoissez-vous pas cet Auguste, dont vous aviez eu envie de faire votre gendre ? Ce que je vous dis, je veux bien vous le dire ; mais si vous prétendiez abuser de ma confidence, je vous déferois bien de prouver, que je ne suis pas Mathurin Lullier armurier à Corbeil, marié à Elisabeth Flamand : alors vous n'auriez point d'or, et vous ne pourriez pas me perdre. Ils se regardoient tous les deux la bouche béante, pesant, retournant, examinant leurs petits lingots. Ceci, dit enfin le député, demande bien quelques réflexions ;

au fait nous ne nuirons pas à la République, et d'Albon et sa famille de plus ou de moins, ne feront rien; mais cela ne dépend pas entiérement de nous, il faut voir nos collegues. — Qu'à cela ne tienne, j'irai voir le diable. Ce n'est pas nécessaire, dit la mere Trichet, je m'en charge; mais il faudra aussi..... — De l'or, n'est-ce pas? j'en ai à leur service, chargez-vous seulement de la négociation; et pour vous prouver que je paye généreusement, même les bons avis, voici encore un petit lingot. — Ah! tu es un bon patriote, il faut faire quelque chose pour toi; mais prends-garde à la vicomtesse, elle est méchante comme-*z'une* furie. — Je ne la crains pas, et d'ici à quelque tems, j'espere que l'on lui rendra justice, et à son ci-devant abbé. Ils sont, à ce que l'on assure, impliqués dans une fort mauvaise affaire. — Mais, oui, mon frere, tout le monde le dit; et j'ai bien envie de lui faire dire que je la prie de ne plus remettre le pied ici. Cela sera très-bien fait, dit le député, en faisant sauter dans ses mains les deux lingots. — Pour cette bonne résolution, il faut encore une petite récompense, et je joins un lingot aux deux. — Mais, monsieur Auguste vous êtes inépuisable. — Oui, madame Trichet. — Ah! c'est que vous avez trouvé la pierre *philosophale* que cherchoit votre grand-pere. — Cela se peut, madame Trichet. — Mais, monsieur, reprit le frere, je croyois que c'étoit impossible. — Vous devriez croire plus qu'un autre à la possibilité, puisque vous avez fait de l'or avec des chiffons de papier; pourquoi n'en ferois-je pas avec du mercure? Mais de quelque maniere que j'aie ce métal, qui paroît vous plaire, il n'est pas moins certain que je ne vous en laisserai pas manquer, si vous voulez faire ce que je voudrai. D'abord il faut m'avoir un ordre pour que je voie M. d'Albon et sa fille. Cela ne dépend pas de moi, dit le député. Je verrai, dit madame Trichet, cela qui pourra vous le faire obtenir. Alors tirant encore de mes poches pour trois à quatre livres de petits lingots ; je lui dis : tout cela est pour vous, si d'ici à une heure vous m'apportez cette permission. — *J'y vais-t'à l'instant.* Voulez-vous rester avec mon frere ? — Pourquoi pas ? il me paroît moins diable qu'il n'est noir. Et voilà la mere Trichet partie, et qui en sortant dit à l'hôtesse, si madame Menerville venoit, de ne pas la laisser monter. — Et pourquoi pas ?— Parce que je ne le veux pas, crioit plus fort la mere de Cécile. — Qu'est-ce à dire que *c'te* fantaisie ? la patriote Menerville vous fait bien de l'honneur en venant vous voir ; c'est elle qui attire chez vous tout ce qu'il y a de mieux dans la République, elle a plus d'esprit dans son petit doigt que *vot* Cécile dans tout son corps. Aurez-vous bientôt tout dit, et vous tairez-vous ? — Me taire, me taire, moi, je veux parler. J'entendois tout ce débat de la chambre du député, qui sortit et dit à l'hôtesse : quand j'envoie un ordre, c'est qu'apparemment il faut que j'a mes raisons pour le donner ; ainsi je prétends et j'entends que la patriote Menerville ne monte pas. Suffit, dit l'hôtesse, je ne le savois pas. — Eh bien, tâchez de l'apprendre. Ces gens du peuple, dit-il en rentrant, sont d'une grossiéreté; et si je ne m'en étois pas mêlé, c'eût été une querelle à n'en pas finir. — Vous leur avez appris que tout étoit égal, alors il est tout simple qu'ils se croient permis de vous tenir tête lorsqu'ils ne sont pas de votre avis. — L'égalité, reprit-il, consiste en ce que vous ne soyez pas plus que nous, mais non en ce que cette canaille soit autant... — Ah ! je comprends : votre égalité consiste à abaisser et non à élever, à partir du point où vous êtes ; mais j'en suis fâché pour vous, en ayant voulu faire passer le niveau, il doit peser sur tous, à compter du plus vil goujat, jusqu'aux têtes les plus élevées ; et voilà je crois ce que vous n'avez pas senti en donnant à tous les mêmes droits. — Mais vous pourriez bien avoir raison, reprit-il ; il seroit possible que nous eussions été trop loin. — Eh bien, arrêtez vous, revenez sur vos pas. Il m'en auroit dit davantage, si sa sœur n'étoit revenue toute essoufflée, m'apporter l'ordre du comité général, au concierge de la prison qui renfermoit ma famille, de laisser entrer le nommé Mathurin Lullier, membre de la société populaire de Corbeil, toutefois qu'il lui conviendra ; et d'avoir avec les prisonniers des conférences secrettes, pour en tirer les aveux nécessaires, afin d'éclairer les juges. Voilà qui est bon, lui dis-je, en lui remettant ce que je lui avois promis ; et possesseur de cette permission si importante pour moi, je volai à la prison où étoient mes tendres amis. Je demandai M. d'Albon et sa famille. Le guichetier ayant lu ma commission, m'y conduisit aussitôt.

Qu'on se peigne l'horreur dont je

fus frappé en voyant ouvrir une très-petite chambre qui donnoit dans une cour carrée, où étoient environ cinquante loges de huit à dix pieds chacune, n'ayant d'autre issue pour l'air extérieur, qu'une malheureuse porte presque toujours fermée. Là étoient entassés le baron, sa femme et sa fille, et madame Duval; il y avoit si peu d'espace, qu'on n'avoit pu mettre que deux lits, que ces malheureuses victimes du plus affreux despotisme, occupoient tour-à-tour. A l'instant où j'arrivai, la baronne et madame Duval étoient couchées, Euphrasie assise auprès de sa mere, soulevoit sa tête dans ses mains, pour lui donner une situation un peu plus douce que ce matelas, où on avoit eu la cruauté de ne pas joindre un simple coussin pour élever le chevet. Madame Duval dormoit appésantie par le chagrin et la fatigue. Le baron, assis sur une botte de paille, les mains sur son front, paroissoit plongé dans les plus profondes réfléxions. Le bruit des clefs les tir de cet état d'anéantissement, où le morne silence de ces lieux de douleur les plongeoit. Euphrasie, qui étoit en face de la porte, fut la premiere qui m'apperçut, et fit un cri qui communiqua à tout ce qui étoit là, le désir de voir ce qui lui causoit tant de surprise ou d'effroi : tous me regardent et me reconnois-à-la-fois.

Une poignée d'assignats que j'avois échangée contre un de mes lingots, apprit au concierge qu'il devoit me laisser ; et posant la lanterne sur un banc de pierre qui étoit près de la porte, il la ferma, en me disant : dans deux heures, commissaire, je viendrai te chercher. Alors libre de me livrer aux transports de mon ame, je me jettai dans les bras de mon malheureux ami. — Quoi ! c'est toi, mon cher Auguste. Euphrasie, qui s'étoit apperçue que sa mere s'étoit évanouie aussi-tôt qu'elle m'avoit vu, n'osoit se déranger de la situation où elle étoit, et attendoit avec impatience que je vinsse à elle ; son pere me porta jusqu'à ses pieds, où je tombai sur mes genoux, qui se déroboient sous moi, tant avoit été vive la sensation douloureuse que j'avois ressentie.

Déjà madame Duval avoit quitté son lit pour venir à notre secours ; heureusement que j'avois dans ma poche un flacon d'Alkali, qui rendit à madame d'Albon la connoissance ; mais semblable à une ombre échappée de la nuit du tombeau, ses regards errans ne pouvoient se fixer sur un aucun objet ; et quoique ma présence l'eût plongée dans ce profond évanouissement, elle pouvoit à peine me distinguer, au moment où elle en sortit ; et croyant qu'un songe l'avoit abusée, elle demanda à sa fille, d'une voix mourante : étoit-ce lui que j'ai vu. Oui, madame, lui dis-je, en prenant sa main, qu'elle sembloit me présenter ; mais tout-à-coup la retirant avec horreur, elle tomba dans un état convulsif, pire mille fois que celui dont elle sortoit.

Voilà, me dit son malheureux poux, le triste spectacle que j'ai sans esse devant les yeux ; tout lui fait une i violente impression, qu'elle passe a vie dans ces affreuses crises, qui, ûrement l'anéantiront ; tu penses, non ami, que ta vue a du lui causer ne terrible sensation. Il m'a été mpossible, lui dis-je, de vous préenir. Euphrasie et madame Duval, mployoient tous leurs soins pour calmer, enfin elles parurent y éussir ; mais à ces mouvemens terribles qui ébranloient sa frêle mahine, succeda un délire plus cruel ncore.

Où est-il, s'écrioit-elle? vient-il s'areuver de mon sang? Oui, je le ois, oui, c'est lui, il a un poignard, 'est pour m'en percer, c'est pour ne punir de lui avoir enlevé son uphrasie. Mais aussi, pourquoi n'a-il pas voulu consentir à répondre ma tendresse, pourquoi n'a-t-il as voulu me dédomager de ce moment délicieux que nous eussions oûté sans mon barbare époux, ce moment, le seul où j'ai pu espérer vivre pour lui ? Ah ! viens, viens, cher Auguste, qu'une fois, une seule fois, je m'enivre de la volupté que tes regards m'ont inspirée, dès le premier moment où je t'ai vu, que je t'appartienne, et je mourrai contente. Mais non, tu me fuis, tu me répousses, tu crains en ayant confondu nos êtres, de ne pouvoir plus prétendre à la main de ma fille. Toi, épouser, ma fille ! non, ne l'espere pas; non, dans la nuit du tombeau, je m'y opposerai encore. Non, c'est à moi à combler tes vœux, et dix ans de désirs, de peines, de jaloux transports, doivent enfin être couronnés d'un seul moment de bonheur. Oui, ce sera le premier, le seul. Et toi, femme perfide, viens aussi ajouter à mes tourmens, toi qui m'as prise au piege le plus infâme, ose dire qu'il fut à moi, que l'enfant...... Mais on trouvera les preuves écrites de tes atroces mensonges, elles existent, on lès trouvera, je les ai gardées. Mais, qu'ai-je dit ! où suis-je ! en prison

prison, dans un cachot, ah! je vais mourir, et je ne le reverrai jamais... Et se laissant retomber sur son lit, elle parut dormir d'un sommeil profond. Cette scene horrible nous avoit causé la plus vive émotion. Euphrasie venoit enfin d'apprendre ce fatal secret, que son pere et moi lui avions caché avec tant de soin. M. d'Albon commençoit à croire que ces aveux, que l'exaltation avoit arrachés à sa malheureuse femme, pouvoient être vrais, puisqu'ils se trouvoient si conformes à ce que je lui avois toujours dit. Il concevoit quelqu'espoir de réaliser le plus cher de ses vœux, s'il n'avoit pas vu dans sa translation à Paris, l'arrêt de sa mort, et celle de toute sa famille. Madame Duval partageoit nos divers sentimens, et étoit désolée que sa chere éleve fût témoin du spectacle terrible des passions, dans un âge où il est si dangereux. Enfin nous étions tous dans l'impossibilité de proférer un seul mot. Nos pensées se pressoient avec rapidité, sans que nous sussions celle que nous voulions exprimer ; pour moi ne pouvant résister à l'impétuosité des miennes, je m'étois rejetté dans les bras de mon pere, et je cherchois à retrouver quelque calme auprès de cette ame céleste. O! mon fils, me dit-il enfin, vois ceque c'est que le désodre, et ce qu'il entraine après lui. Ma fille, ma pauvre Euphrasie, toi, que j'avois emmenée dans mes montagnes, pour que le souffle empoisonné du vice n'atteignît pas ton ame pure comme le cristal de nos fontaines, tu viens d'être instruite de ce que j'aurois voulu, au prix de mon sang, que tu ignorasses toujours; mais puisque le plus triste hazard te l'a appris, tu n'accuseras plus ton pere d'injustice, de s'être opposé jusqu'à ce jour à ton mariage, avec celui que je t'avois destiné. O! mon pere, s'écria Euphrasie, que je suis malheureuse, qu'Auguste est coupable! Comment est-il possible, lui dis-je, que ce qui devroit servir à me justifier, à relever mes espérances, ajoute à mes malheurs ? Vous venez de l'entendre assurer elle-même, que jamais nous n'avions été l'un à l'autre, que des preuves écrites en existent. Je les trouverai, ces preuves, je les apporterai à vos pieds, et je vous dirai : punirez-vous les émotions involontaires d'un jeune homme de seize ans, comme si le crime avoit été consommé ; et ne pourrai-je être l'heureux époux d'Euphrasie, parce que j'ai été un instant séduit par les charmes de sa mere? lorsque tout prouve que jamais..... Si ces preuves, reprit tendrement M. d'Albon, existoient en effet, que tu pusses les recouvrer, crois, mon cher Auguste, que je m'estimerois heureux de te donner ma fille. Mais, que parlons-nous de mariage, lorsque nous sommes dans les fers, et que l'échafaud nous attend ! — Je saurai bien, mon pere, vous en garantir ; et lorsque je suis ici, vous ne devez pas douter que j'ai de grands moyens pour m'opposer aux trames ourdies contre vous. — Et quels sont-ils ?— Je vous en instruirai quand il en sera tems ; mais soyez sûr qu'il n'en est aucun de ceux que j'emploie, que l'honneur puisse rejetter. — J'en suis sûr, man ami ; car si je condamne la facilité de tes mœurs avec les femmes, je rends justice à la sévérité de tes principes pour tout autre objet.

Euphrasie, assise sur le lit de sa mere, la considéroit avec la plus morne tristesse, et paroissoit profondément frappée de ce que le délire de cette infortunée lui avoit appris; elle sembloit regarder autour d'elle avec effroi. Je m'approchai d'elle, et voulant prendre sa main, elle la retira, et ses yeux se remplirent de larmes. Voyez, mon pere, dis-je à M. d'Albon, si je ne suis pas le plus infortuné des hommes : Euphrasie ne m'aime plus. — Ah ! je le voudrois bien, je le devrois, ma mere est mourante ; et c'est vous ... Elle n'osa pas en dire davantage. Je vis bien que les aveux de la baronne lui avoient fait une impression proſonde; mais je me flattois que le tems et mes tendres soins l'effaceroient.

Les deux heures étoient passées, et nous n'avions pas parlé du sujet qui m'avoit amené. Je reviendrai, dis-je à M. d'Albon : j'espere que si je ne puis pas vous rendre la liberté dans cet instant, j'obtiendrai au moins que vous soyez dans un logement plus supportable. Je le désire, dit le baron, en montrant sa femme, pour Agathe, qui est trop punie des maux qu'elle nous a faits. Et le concierge étant venu m'ouvrir, je sortis, non sans frémir de la pensée de laisser tout ce qui m'intéressoit, dans une situation aussi cruelle.

Je revins à l'hôtel des patriotes, où l'hôtesse me demanda si je couchois chez elle. Non, lui dis-je, je n'aime point les maisons où l'on ne peut être sûr de passer une nuit seul, si on le veut; mais je vous dois le déjeûner que j'ai fait chez vous, la derniere fois, et je le lui payai quatre fois la valeur. Elle ne le vouloit point, et auroit bien mieux aimé que je lui eusse fait les avances d'un autre; mais elle ne savoit pas que la plus belle des femmes m'auroit à cet instant offert les plus douces jouissances, que je ne les aurois point acceptées, tant j'étois déchiré par l'image des souffrances de mes seuls amis.

Je montai chez la Trichet, et la premiere personne que j'apperçus fût Cécile, qui parut de la plus extrême surprise en me voyant. Sa mere lui dit: et bien, qu'est-ce qu'il y a donc de si extraordinaire? C'est Auguste, brave garçon, qui dans sa jeunesse en contoit d'un peu près aux filles assez niaises pour l'écouter, mais qui n'en est pas moins un bon parent, puisqu'il s'occupe d'empêcher qu'il n'arrive malheur à sa famille; est-ce que ce n'est *pas-t'à merveille?* — Sûrement, ma mere; mais c'est... — Et bien, c'est *c'te* Menerville, qui m'avoit échauffé la cervelle; mais j'ai *rompu-t'avec elle,* et je n'en veux pas plus entendre parler que de ma premiere paire de souliers. — Vous avez raison, ma mere, et il y a long tems que T*** vous le dit. — T***, vous n'avez jamais que T*** à citer; mais je ne me conduis par l'avis de personne. J'ai vu *c'te* femme, tant que cela m'a convenu; je ne la vois plus de même, parce que cela ne me plaît pas. Mais dites-moi donc, vous les avez vus? — Oui, mais il faut encore que vous les fassiez transférer dans une maison de santé, car ils sont bien malades. — Il faut que je fasse: il semble que je tienne les comités dans ma poche. — Dites qu'ils sont dans la mienne. Allons, maman Trichet, encore un petit sacrifice, et que j'obtienne ce que je vous demande. — Mais cela ne se pourra pas pour ce soir. — Et bien, soit, mais demain; car il faut que je retourne à Corbeil.

Cependant, Cécile ne pouvoit revenir du changement étonnant de sa mere. Enfin je trouvai l'instant de causer avec elle, et elle me demanda comment j'avois pu la convertir. — Par le poids des argumens irrésistibles. — C'étoit le seul moyen que vous pussiez employer auprès de ma mere et de mon oncle. Mais d'où avez-vous eu tout l'argent nécessaire à cette grande entreprise? — Par mes forges. Elle me dit aussi qu'elle ne faisoit que recevoir ma lettre; et que n'ayant point encore vu T***, elle n'avoit pu rien faire. Je la remerciai, en lui disant que tout paroissoit si bien disposé, que je la priois de me conserver sa bonne volonté pour une autre fois. Je ne voulois point multiplier les motifs de ma reconnoissance; parce que j'étois irrévocablement décidé à ne plus payer en une monnoie que je n'avois que trop employée, et dont le fonds appartenoit à mon Euphrasie.

Je quittai ces dames de nouvelle date, en leur promettant de revenir le lendemain, pour chercher l'ordre de faire transporter mes amis dans une maison où ils pussent exister.

Comme je descendois, j'entendis la voix de la vicomtesse, et restai au milieu de l'escalier pour qu'elle ne me vît pas. Elle étoit étonnée qu'on l'empêchât de monter. — Je vous le dis, madame, elle ne veut plus vous voir. — Mais c'est *incroyable, inexplicable, inimaginable;* comment cette Trichet refuser de me voir, et pourquoi? — Je ne sais, mais son frere me la dit aussi. — Quoi! cet imbécille, parce qu'il est député, croit que je ne le pulveriserai pas. Ah! l'abbé va bien rire, quand je lui conterai l'insolence de ces petits bourgeois de campagne, que j'ai tiré de l'obscurité où ils étoient. Nous verrons, nous verrons: dites-leur que la veuve de Scipion ne se venge pas à demi, et elle sortit. Comme je craignois qu'elle ne tînt parole, et que dans la nuit elle n'exécutât ses menaces, ce qui m'auroit dérangé, ayant besoin encore du frere et de la sœur, je remontai chez la Trichet, et je lui rendis compte de ce que je venois d'entendre, en lui conseillant de ne pas rester dans cette maison, Cécile appuya mon avis. Mais nous devons beaucoup ici, dit la vieille arabe. J'entendis ce que cela vouloit dire, et j'offris mon porte-feuille, qu'on accepta; et dés le soir on alla loger dans l'hôtel que T*** occupoit, à la grande satisfaction de ce bon homme de député, qui étoit arrivé au moment où la vicomtesse sortoit. Cécile me nomma, et il me fit beaucoup plus d'accueil, que tout autre à sa place n'auroit pu m'en faire ; mais comme je voulois très-sérieusement rompre avec toutes ces belles, je cherchai à ajouter à sa confiance, en lui peignant mon amour pour Euphrasie, et le désir que j'avois de la savoir en liberté, pour l'épouser. Assuré que je ne le troublerois point dans sa jouissance, il prit infiniment plus d'intérêt à mon sort, et me jura que je pouvois entiérement disposer de lui. L'hôtesse, en recevant ce qui lui étoit dû, se lamenta beaucoup de perdre si bonne compagnie, et auroit bien voulu savoir où on alloit, afin d'en avertir sa chere Menerville; mais on convint de changer de voiture, afin de détourner tout soupçon. Ils vouloient que je vinsse avec eux : je ne crus point que ce fût prudent; et d'ailleurs je voulois voir Eulalie, avec qui j'avois le plus grand désir de causer, mais, je le dis avec franchise, sans autre sentiment que celui de l'amitié; car il sembloit que l'affreuse scene du cachot m'avoit anéanti, et mon cœur repoussoit toute idée de plaisir, et ne pensoit qu'aux souffrances de M. d'Albon et de sa fille.

J'arrive rue de Provence, à l'instant où Eulalie descendoit de voiture; elle arrivoit de Meudon, où Flamand, qui ne l'avoit point trouvée à Paris, l'avoit été chercher, et aussi-tôt elle étoit revenue dans la capitale pour me servir avec tout le zele dont elle étoit capable pour ses amis. Flamand qu'elle avoit ramené, fut effrayé en me voyant à Paris ; je l'assurai que je n'avois rien à craindre. Eulalie nous fit monter l'un et l'autre, et je racontai tout ce que j'avois fait. Ils furent surpris que tant d'audace m'eût réussi. Eh ! mes amis, leur dis-je, c'est le pouvoir de l'or qui a tout fait; et combien de héros, dont on vante la bravoure, ont dû leurs succès à ce métal, distribué avec intelligence dans l'armée ennemie : de même ces Jacobins me haïssoient, mais ils aimoient encore plus l'or ; et ils se sont vendus à moi comme de vils troupeaux. Mais, mon cher Flamand, on est sûrement bien inquiet là bas, nos forges pourroient s'en ressentir, si nous étions longtems absens tous les deux ; je crois qu'il seroit bon que vous retournassiez à Corbeil, prenez une chaise de poste et partez, moi je reste. Envoyez moi demain Champagne avec de l'or. Eulalie ouvroit de grands yeux. — De l'or. Mais à vous entendre on diroit que vous en faites. N'importe, lui dis-je, j'en ai autan tant qu'il m'est nécessaire d'en avoir, et cela grace aux deux cents louis que vous m'avez prêtés. Mais aussi, bonne et sensible Eulalie, vous êtes dans mon entreprise, et j'espere bien que dans peu vous aurez cette maison de campagne, si vous la désirez toujours. — Ah! mon cher Auguste, je la désire bien plus que vous ne pouvez l'imaginer; mais c'est une plaisanterie, et deux cents louis ne peuvent pas valoir soixante mille livres en fonds. — Je ne compte pas encore avec vous aujourd'hui, mais d'ici à un mois c'est possible.

Flamand prit congé de nous, et m'assura que Champagne seroit le lendemain à dix heures au plus tard à Paris — Mais où vous trouvera-t-il? Je lui donnai l'adresse de T ***, où je l'attendois. Je demandai à Eulalie si elle pouvoit me donner à souper et à coucher. — Oui, mais B *** y sera. — Qu'importe je ne le troublerai pas; je n'ai besoin que de repos cette nuit, mon ame étant bouleversée par tout ce que j'ai éprouvé;

et je lui racontai la scene de la conciergerie. Elle plaignit sincérement M. d'Albon et sa fille : quant à la baronne, me dit-elle, elle est comme son frere, elle n'a bien que ce qu'elle mérite. — Elle est coupable, j'en conviens, mais son supplice est plus grand qus ses fautes. Je ne crois pas, reprit Eulalie. Toute femme qui, après avoir aimé un homme, avoir voulu vivre avec lui, ou y avoir vécu, est ensuite capable de chercher à le faire périr, parce qu'il ne l'aime plus, est un monstre. Mais elle avoit beau dire, je voyois toujours cette infortunée, luttant contre la mort, n'ayant pour reposer ses membres brisées par la douleur, qu'un grabat, où l'homme condamné par la misere aux plus vils travaux, auroit à peine voulu s'endormir ; et quand je pensois que mon image ajoutoit à ses tourmens, je ne pouvois que désirer vivement les adoucir.

B *** rentra peu de tems après : Eulalie lui dit qui j'étois, elle savoit bien qu'il avoit toujours un foible pour ceux de sa caste. Il m'offrit de lui même l'azile que je voulois lui demander, et m'assura que je pouvois être sans inquiétude pour les miens, qu'il ne tomberoit pas un cheveu de leurs têtes. A charge de revanche, me dit-il, en souriant : si vous faites un jour la contrevolution, je vous demande la vie sauve. Et prenant le même ton, je la lui promis. Je le trouvai infiniment aimable, beaucoup d'esprit, de la véritable éloquence : l'ambition seule l'avoit entrainé dans ce parti, mais il n'étoit point naturellement sanguinaire ; et si sa foiblesse lui fit longtems dissimuler les atrocités de ses collegues, il ne s'y prêta jamais qu'avec horreur. Les plaisirs étoient sa passion dominante, il aimoit à réunir autour de lui tout ce qui étoit agréable ; aussi la maison d'Eulalie étoit véritablement le temple de la volupté. Nous soupâmes avec cinq ou six des plus fameux, et leurs maîtresses; mais on ne parla point révolution ; et à voir l'élégance de ces dames, le ton léger de leurs amans, et le luxe qui les environnoit, il étoit difficile d'imaginer que la moitié de la France étoit par eux livrée au plus affreux désespoir. Je ne pouvois cependant goûter les délices qui s'offroient à moi de toutes parts, et mon imagination me peignoit sans cesse le contraste choquant de leur voluptueuse maison, et du cachot qui renfermoit ma triste famille. On me conduisit après le souper, dans un appartement très-agréable, où je me couchai ; mais le sommeil fuyoit de ma paupiere. — Et vous n'aviez pas quelque projet d'aller troubler l'ami B*** ?—Ah ! je vous jure que non, et je défie un chartreux dans sa laure, d'avoir des pensées plus chastes que celles que j'ai eues cette nuit-là, dans la maison d'une femme plus que galante. Je sortis dès le matin, et fis dire au maître du logis que je viendrois souper avec lui, ce qui paroissoit tout simple aux gens. J'étois bien pour eux Mathurin Lullier, mais non Mathurin, simple auvergnat, venant chercher de l'ouvrage à Paris, mais Lullier, fabricant d'armes, et par conséquent très-caressé par les faiseurs, qui sans armes ne pouvoient rien faire. Mon costume étoit un peu plus recherché, et j'avois presque l'air bonne compagnie.

J'arrive chez T***, et trouve encore tout le monde endormi. Ne sachant que faire, je descends dans le jardin, et j'attends que leurs puissances ayent la bonté de me recevoir. Attendre le réveil d'une jolie femme, avec qui je n'avois pas passé la nuit, étoit pour moi une chose bien extraordinaire. Depuis vingt-quatre heures il s'étoit opéré dans mon être, un changement que je pouvois à peine comprendre. Je m'assis sur un banc, et plongé dans mes réfléxions, je me demandois à moi-même ce que je pensois de ma nouvelle existence.

Comment porteras-tu, mon cher Auguste, la chaîne du devoir que tu t'imposes, toi qui depuis douze ans voltiges de belle en belle ? Il est donc vrai que tu ne veux plus exister que pour Euphrasie ; et qu'après avoir désolé les époux, tu vas en être un d'une fidélité sans égale. En vérité c'est un projet bien respectable ; mais Euphrasie est charmante, qu'elle seroit la maîtresse qui la vaudroit ; et à vingt-cinq ans n'est-il pas tems de penser raisonnablement, sur-tout lorsque la raison se présente accompagnée des graces ?

Tandis que je me parlois ainsi à moi-même, T*** vint me trouver, et m'apporta l'ordre de translation de mes pauvres amis. Il m'offrit à déjeûner. Je le refusais d'abord ; j'étois trop pressé de les arracher au gouffre infecte où ils étoient ensevelis ; mais réfléchissant qu'il falloit que j'attendisse Champagne, qui ne pouvoit être arrivé qu'à dix heures, je consentis à voir ces dames. Elles me firent toute sorte de caresses, et me prierent de témoigner au baron tout le regret qu'elles avoient de ne pouvoir obtenir davantage. Pendant que nous déjeûnions, on vint me dire que Champagne étoit là. Je descendis pour lui parler ; il me remis l'or dont j'avois besoin. Je lui dis d'aller m'attendre chez B***, et lui recommandai de ne pas sortir, afin de ne pas se trouver sous les pas de la vicomtesse. Il me dit qu'André viendroit voir le baron. Je remontai un instant pour dire à T*** ce que j'allois faire. Il me souhaita bonne réussite. Cécile étoit d'assez mauvaise humeur, que je ne cherchasse point à la voir seule un instant, et elle trouva celui de me dire : vous ne m'aimez plus, Auguste. — J'ai pour vous la plus sincere reconnoissance ; mais comment pourrois-je m'occuper de plaisirs, quand tout ce qui doit m'attacher à la vie, est dans la crise la plus terrible ?— Ah ! si vous obtenez leur liberté, vous épouserez Euphrasie, et vous ne penserez plus à moi. — Ma chere amie, vous avez tant de dédommagement ; et plus je connois T***, plus je crois que vous devriez vous fixer à lui seul. Il vous aime, il a confiance en vous. — J'y pense quelquefois, et si j'étois libre, ce seroit véritablement le meilleur mari que je pourrois avoir. — Adieu, ma chere Cécile, ne m'accusez pas d'indifférence; mais pensez que je n'ai pas un moment de repos, tant que je sais mes amis malheureux.

Je la quitte pour voler à la conciergerie, et muni de mes ordres, je me fais ouvrir le cachot. Quel spectacle se présente à mes regards! La malheureuse baronne livrée aux plus violentes convulsions, repoussant tous les secours que son époux, sa fille et madame Duval s'empressent de lui donner, invoquant la mort comme le seul terme où elle puisse espérer le repos, mais s'effrayant de l'idée de cesser d'être; elle mêloit mon nom aux imprécations que ses passions et sa douleur lui arrachoient, sans cependant me reconnoître. Pénétré de sa situation, et désirant l'adoucir, je montre à M.

d'Albon l'ordre qui m'autorise à les conduire chez un médecin, où ils seront aussi bien qu'il est possible. — Ah! mon ami, si on peut la transporter, je ne demande pas mieux; mais je ne pourrai l'abandonner dans l'état où elle est. Il n'y a qu'Euphrasie qui la détermineroit peut-être à nous suivre. Tâchez, lui dit-il, de saisir un instant où elle sera plus calme, pour lui faire entendre qu'Auguste a obtenu de la tirer de ce tombeau. Elle s'approcha de sa mere, et lui dit, avec l'accent le plus doux et le plus tendre: voulez-vous venir dans une maison bien commode? — Moi, je suis bien ici, cette voûte me plaît, elle ressemble à la tombe où je serai bientôt enfermée. — Mais il seroit possible que vous vous rétablissiez. — Non, je suis morte. — Vous existez encore, et nos soins vous rendront la santé. — Non, vous dis-je, je suis morte; et que me feroit la vie? Auguste ne m'aime point. Ah! ne le verrai-je plus! — Me voici, lui répondis-je, pénétré de la plus profonde douleur de votre situation. — Vous, je ne le crois point. — Vous me haïssez, vous aimez Euphrasie. — Si je l'aime, puis-je haïr sa merė? — Moi, la mere d'Euphrasie, non, c'est la fille de M. d'Albon, de l'homme qui me méprise, qui en a sujet, et dont les regards sont pour moi le reproche le plus cruel. — Votre danger, lui dit le baron, ma chere Agathe, rappelle dans mon cœur les jours où vous me fûtes si chere, et quoique vous ayez rompu vos chaînes, je n'en sens pas moins, que je ne vous verrai pas cesser d'exister, sans une véritable douleur; d'ailleurs, voyez celle d'Euphrasie, et par pitié pour elle, acceptez le secours que le fils que nous avions adopté dans des tems plus heureux, vient vous offrir. — Lui, me vouloir du bien, quand je lui ai fait tant de mal, quand j'ai voulu le conduire à l'échafaud! Je ne puis accepter un service que je n'ai point mérité. — Vous ne pouvez, madame, me donner une plus grande preuve de reconnoissance, que de vous confier à mes soins. Alors elle se leve sur son séant, nous regarde tous fixement, puis parlant d'un ton grave et avec plus de force que son état ne paroissoit le permettre, elle nous dit : les nuages qui obscurcissent mon entendement, se dissipent, je vous reconnois tous à présent. Je suis pénétrée des marques d'attachement que vous me donnez, je sens que j'aurois pu être la femme la plus heureuse, si je n'avois pas été entraînée par les perfides conseils de la vicomtesse ; mais ma mort vous vengera. Comme nous voulions tous lui marquer les sentimens que nous éprouvions, laissez-moi profiter, interrompit-elle, du peu de tems qui me reste, pour vous assurer qu'Euphrasie peut épouser Auguste, sans blesser les lois de la nature, et que j'y consens. Euphrasie épousera Auguste ! Moi je vais mourir ; et elle retomba sur son lit, ses membres se roidirent, ses cheveux se hérisserent, ses yeux

à demi fermés, ne distinguoient plus
aucun objet, une sueur froide cou
vroit son front. Euphrasie se jett
sur ce corps à demi glacé, elle l'ap
pelle à grands cris; mais elle n
l'entend plus, une agonie terribl
succéde à cet instant de calme, ell
ne peut ni vivre, ni mourir. J'envoi
avertir l'officier de santé, qui par com
plaisance pour moi, ordonne quel
ques potions, qu'il est impossibl
de lui faire avaler. Elle resta dan
cette horrible situation, jusqu'
sept heures du soir. Euphrasie l
tint dans ses bras pendant tout c
tems, sans qu'il fût possible d
l'en détacher un instant. M. d'A
bon, l'ame brisée par les cris d
cette malheureuse victime des pas
sions, ne savoit comment se sous
traire à ce spectacle; souvent il s
serroit contre moi, et je voyois de
larmes tomber lentement de se
yeux, qu'il détournoit de ce trist
objet. Je l'ai aimée, disoit-il, je l'a
aimée à l'idolâtrie. Vous savez com
bien elle étoit belle, que d'esprit
qu

que de graces! et elle n'offre plus que l'image de la mort. Ah! qui me délivrera de ce moment affreux? si Euphrasie vouloit... — Moi quitter ma mere, la laisser mourir seule dans un cachot. Ah! dussé-je expirer avec elle, je ne l'abandonnerai point; mais sortez, mon pere avec Auguste, je resterai, madame Duval m'aidera à supporter ces affreux momens. — Crois-tu, mon Euphrasie, que je puisse me séparer de toi, quand tu remplis le devoir le plus sacré? Mais elle ne nous entend plus, ne nous voit plus. Qui vous dit, reprit Euphrasie, que la connoisance ne lui reviendra pas; et ne fût-ce qu'un instant, un seul instant, ne nous accuseroit-elle pas avec justice de barbarie, si nous l'avions laissée seule aux portes du trépas?

M. d'Albon voyant qu'il n'y avoit aucuns moyens de déterminer sa fille à quitter ce triste séjour se décida à y demeurer : je l'assurai que j'y resterois tant que le concierge ne me forceroit pas de sortir; je souffrois tout ce qu'il est possible d'imaginer. La nature répugne à l'image de la destruction ; et quoiqu'il ne me restât pas pour madame d'Albon une seule étincelle du feu dont elle avoit embrasé ma jeunesse, je ne pouvois m'empêcher, de frisonner en voyant la lutte cruelle qui existoit dans cette frêle machine. Ce moment me rappelloit la mort de madame de Metelbourg ; mais celle-ci s'étoit tranquillement endormie dans les bras de l'amour, le souffle qui nous anime avoit quitté sans efforts un séjour qui n'étoit pas digne d'elle. Mais la baronne paroissoit jusques dans ce moment suprême regretter un monde dont elle avoit été idolâtre, et son ame sembloit résister à l'arrêt du sort, par la crainte de tomber dans les mains d'un Dieu qui punit et récompense. Enfin le terme de ses souffrances et des nôtres arriva, et la plus parfaite immobilité succeda aux crispations terribles qui ne l'avoient pas quitté depuis midi. Je fis signe à M. d'Albon que tout étoit fini, Euphrasie ne vouloit pas encore le croire ; mais lorsqu'en portant sa main sur le cœur de sa mere, elle le sentit froid et sans aucun mouvement, elle se laissa tomber dans les bras de madame Duval, accablée par la fatigue et la douleur, elle perdit ses sens. Je conseillai au baron de profiter de cet instant pour l'arracher à cette scene de terreur. Madame Duval promit de rester auprès de ce corps inanimé ; et mon malheureux ami et moi nous enlevâmes Euphrasie, une voiture m'attendoit, nous l'y plaçâmes entre nous deux, et nous nous transportâmes, ayant seulement un gendarme avec nous, dans la rue Saint-Victor, chez M. L *** médecin, que j'avois fait prévenir. Il nous reçut avec la plus touchante cordialité. On mit Euphrasie dans un excellent lit, et nous la laissâmes aux soins de madame L ***, et des femmes de la maison qui la rappelerent à la vie

Dès que son pere sut qu'elle avoit repris connoissance, il vint s'asseoir auprès de son lit, il la consola, et sur-tout la laissa pleurer. Elle demanda où étoit madame Duval, et quand elle sut que cette généreuse amie, s'étoit dévouée au plus triste devoir, elle parut se calmer. Je craignois, dit-elle, qu'on ne l'eût laissée en des mains étrangeres. Vous avez bien fait, ajouta-t-elle, de profiter de mon évanouissement, je n'aurois jamais consenti à la quitter avant l'instant où elle sera pour jamais ensevelie dans le tombeau. J'obtins la permission de voir Euphrasie, ah ! me dit-elle, vous devez être douloureusement affligé, en pensant que vous avez rendu ses derniers momens si cruels. Il faut dit M. d'Albon, laisser dans le plus profond oubli ces indiscrets aveux, qui cependant, mon Euphrasie, sont peut-être moins douloureux que tu ne l'imagines. Mais occupe toi de ta conservation, et par tendresse pour moi, accepte quelques nourritures qui te sont absolument nécessaires ; je te jure que je ne prendrai rien que tu n'aies mangé. On lui servit un potage, dont par complaisance pour son pere, elle avala quelques cuillerées. Les voyant tous deux aussi bien qu'il étoit possible dans la situation où ils étoient, et ayant d'autres objets très-importans à m'occuper, je me séparai d'eux, en leur promettant de leur ramener le lendemain madame Duval.

Je vins retrouver Eulalie, qui fut effrayée de mon changement, qu'avez-vous donc, me dit-elle? Et je lui racontai tout ce dont j'avois été témoin. — Je vous conseille de ne pas prendre la chose si au grave; c'est une méchante femme de moins, et je voudrois bien qu'il en arrivât autant à sa chere belle-sœur et à son abbé: je crois que ce ne sera pas long. — Mais ce n'est pas tout, lui dis-je, je voudrois bien avoir ses papiers dont elle a parlé, et qui servent de preuves comme je n'ai jamais été son amant favorisé. — Il faut les demander à B***, et il fera tout ce qui sera en son pouvoir. Il rentra dans le même moment, et je lui demandai comment je pourrois avoir ces lettres, qui étoient sous les scellés. — O! ceci, me dit-il, passe mon pouvoir, et dépend entiérement de R***. — Alors j'y renonce; car je ne veux pas avoir le moindre rapport avec cet homme-là. — Enfantillage que cela, mon ami : je le déteste et le méprise encore plus que vous; parce que je connois encore mieux que vous l'atrocité de son ame, et je n'en vis pas moins avec lui dans la plus grande intimité. — Voilà ce que je ne puis comprendre. — J'aime la vie, mon cher Auguste, les plaisirs, l'éclat de la célébrité, j'aspire au premier rang qu'il occupe; mais tant que je ne pourrai pas l'en chasser, il faut bien flatter l'idôle. — Grand bien vous fasse; mais pour moi je ne serois pas maître de contenir l'indignation qu'il m'inspire, et je gâterois mes affaires, au lieu de les arranger. — Il seroit possible de vous dispenser de le voir; mademoiselle S*** a tout pouvoir sur lui dans ce moment-ci, Eulalie peut l'engager à souper demain, vous lui direz ce que vous désirez, et elle se chargera de le demander à son amant. Vous êtes riche, à ce que m'a dit Eulalie. La belle S*** aime beaucoup l'argent, et passablement les hommes de votre tournure; et si elle vous admet dans son boudoir, vous n'en sortirez pas sans être nommé commissaire pour la levée des scellés d'Agathe d'Albon. — Ce moyen me parut infaillible; mais il étoit contraire à la résolution que j'avois prise d'être fidelle à Euphrasie. Mais ne me falloit-il pas les preuves écrites, pour l'obtenir de son pere? C'étoit donc par amour pour elle que je devois encore une seule fois m'occuper d'autres charmes que les siens. On se souvient aussi de mon opinion, que le péché étoit beaucoup moins grand, quand c'étoit pour une très-belle femme; et à ce compte il ne devoit pas y en avoir de plus excusable, car S*** étoit alors la plus belle femme de Paris.

Je fis toutes ces réfléxions très-promptement, et elles suspendirent de très-peu de momens ma réponse qui fut un consentement formel à ce que me proposoit B***. Je fis avertir dès le soir un tailleur, pour me faire un habit décent, et je lui recommandai de me l'apporter pour le lendemain, en lui disant que je le lui paierois en argent; cela seul suffisoit pour qu'il ne me manquât pas.

Je consultai Eulalie pour le présent que je ferois à S*** ; elle m'assura que les bijoux les plus brillans ne faisoient pas autant de plaisir dans ce moment-ci, que quelques rouleaux de louis. Je trouvai que la galanterie française étoit bien déchue ; mais je ne m'en déterminai pas moins à suivre le conseil d'Eulalie, qui connoissoit bien les goûts de ses *collegues*. Je déjeûnai avec les maîtres de la maison, et on me montra la réponse de S***, qui acceptoit le souper; et je suis obligé d'en convenir à ma honte, j'en ressentis u très-grand plaisir, qui n'étoit pas seulement dans l'espérance d'avoir les papiers que je désirois. Je ne m'en rendis pas moins à la conciergerie, pour en tirer cette pauvre madame Duval, qui avoit dû y passer une cruelle nuit. Comme j'attendois entre les deux guichets, que le concierge m'ouvrît, je vois amener par la gendarmerie, la vicomtesse et l'abbé d'***. Ne voulant point par ma présence aigrir leur malheur, je cherchois à n'en être pas vu; mais elle me reconnut, et me dit : c'est vous, Auguste, que faites-vous ici, y êtes-vous aussi enfermé?—Je ne vous connois point, madame, repris-je effrontément, je suis Mathurin Lullier, manufacturier d'armes à Corbeil, et commissaire du comité de sûreté générale, pour surveiller les prisons. — Vous pouvez être commissaire de ces gueux-là, il n'y a rien de surprenant à cela; mais vous n'en êtes pas moins..... Je m'approchai de l'abbé, et lui dit : imposez-lui donc silence, et qu'elle ne me force pas à employer contre elle les amis puissans que j'ai dans l'assemblée, entr'autres B***, chez qui je loge. L'abbé lui parla bas un instant, et elle se tut; mais ses regards étoient foudroyans, et je ne pus douter que si elle m'avoit rencontré dans toute autre situation, j'étois perdu; mais elle se trouvoit dans une position si critique, qu'elle se crut forcée de me ménager.

Quand elle fut passée dans la cour, je lus son écrou qui portoit, qu'elle et l'abbé étoient arrêtés comme fabricateurs de faux assignats; je ne pus m'empêcher de me dire: voilà donc où est conduit l'être sans principes; qui ne croit rien, n'hésitera jamais à commettre un crime qu'il imagine devoir être enseveli dans les ténèbres. J'entrai peu de momens après, et je vis qu'on l'avoit séparée de son complice, qui étoit déjà logé, tandis qu'elle ne l'étoit pas encore; et j'appris du concierge qu'on attendoit que le corps de la baronne fût enlevé, pour lui donne pour demeure ce cachot, qu'on appelloit une chambre.

Je laisse au lecteur ce sujet de réflexions ; quant à moi, je sais bien que j'en fus pour elle saisi d'horreur : se trouver enfermée dans le même lieu où la victime de sa vengeance venoit d'expirer, devoit être un supplice d'un genre nouveau ; et en effet, quand on vint pour rendre à madame d'Albon les derniers devoirs, et que sa belle sœur qui étoit près de la porte, vit passer le cercueil, et qu'aussi-tôt on la fit entrer dans la même chambre, elle pâlit et chancella. Je voulois qu'on ne l'enfermât pas : impossible, dit le concierge, en fermant les verroux, elle est criminelle de leze-nation, elle ne sortira delà que pour entendre son arrêt, c'est l'affaire de trois jours. Je ne pouvois la plaindre, mais j'aurois voulu, pour tout au monde, ne m'être pas trouvé dans cet instant.

Nous accompagnâmes madame Duval et moi, le modeste convoi de madame d'Albon; puis je menai cette digne amie rue St.-Victor. Euphrasie eut une grande joie de la revoir. Je la trouvai bien plus calme. Il me parut que M. d'Albon l'avoit ramenée sur mon compte; car elle me traita beaucoup mieux que la veille. Je leur racontai la triste aventure de la vicomtesse et de son abbé. Est-il possible, dit le baron, qu'on soit d'un parti pour le trahir avec bassesse! Cela, repris-je, ne me surprend pas de l'abbé; mais madame Menerville, qui a tant d'esprit.—L'esprit, comme l'a dit M. de la Rochefoucault, *ne sert qu'à faire hardiment des sottises*. Ma belle-sœur a toujours cru que tout lui étoit permis; et elle a fait faire la fausse monnoie, comme elle se permettoit les mensonges les plus atroces, pour perdre ceux qui lui déplaisoient, et qu'elle soutenoit avec une adresse inconcevable. Mais reconnoissons dans sa punition un acte de la justice de Dieu, qui se plaît quelque fois à l'exercer dès ce monde, pour convaincre

convaincre ceux qui doutent des peines et des récompenses dans une autre vie.

J'avois donné des ordres et payé d'avance pour que mes amis pussent jouir de tous les agrémens qu'il m'étoit possible de leur procurer dans un lieu de détention. Après le dîner, qui, sans être somptueux, étoit excellent, M. d'Albon me prit en particulier, et me dit : je serois inquiet, mon cher Auguste, si vous aviez de la fortune, que vous ne vous ruinassiez pour nous ; mais je puis vous le dire sans vous humilier, puisque je suis maintenant aussi pauvre que vous, vous n'avez aucun bien, comment faites vous pour faire une aussi grande dépense? —Soyez tranquille, mon pere, je suis presqu'aussi riche que vous l'étiez avant la révolution. Si je croyois au revenant, reprit-il en riant, je m'imaginerois que mon oncle est sorti du tombeau, pour vous apprendre le secret qu'il a inutilement cherché pendant trente ans de sa vie, et que l'on sait apparemment là-bas mieux qu'ici. — C'est possible, et lui montrant une bourse pleine d'or, vous voyez que nous ne sommes pas près de manquer. — C'est inconcevable. — J'en conviens, et ça n'en est pas moins vrai. — Allons, il faut croire que tu as trouvé un trésor. — Oui, mon pere, mais c'est vous qui en êtes le gardien ; et je ne serai vraiment riche que lorsque vous m'en aurez mis en possession. — Je crois, mon cher Auguste, que les plus grandes difficultés ne viendront pas à présent de moi, quoique je tienne infiniment à ces preuves écrites, dont cette malheureuse femme nous a parlé. — J'espere, lui dis-je, si elles existent, vous les apporter avant trois jours. On m'a promis de me faire nommer commissaire pour lever les scellés. — Mais comment fais-tu donc? — Rien ne résiste à Mathurin Lullier? — APropos, d'où te viens donc ce nom? car on ne t'en connoît point d'autre ici. — Ne vous souvenez-vous pas du fils de votre concierge ? — Il est mort. — Il revit en moi. Son pere m'a donné un passe-port qu'il avoit laissé chez lui, ses papiers ; et c'est de cette maniere que j'ai échappé à toutes les recherches. — Flamand me l'avoit dit lorsqu'il vint à Clermont; mais il s'est passé tant de choses depuis, que je ne m'en souvenois plus. — Mathurin Lullier est l'ami de B***, amant d'Eulalie, et c'est par elle et Cécile, autre maîtresse d'un député que nous sommes parvenus à vous tirer de la conciergerie, et que j'espere bien vous rendre entiérement la liberté. — Il me paroît, mon cher Auguste, que tes rares talens en galanterie ne se démentent point ; mais sera-ce une certitude pour le bonheur d'Euphrasie ? — J'en appelle à vous-même, mon digne ami : avant de vous marier, mille beautés avoient reçu vos hommages ; et quel mari fut plus tendre et plus fidelle que vous, malgré le peu d'affection que vous portoit la baronne ?— J'en conviens; mais j'avois trente-six ans quand je me suis marié. — Et bien, mon pere, je serai raisonnable onze ans plutôt que vous. Enfin, comme je te le dis, il faut ces lettres et le consentement d'Euphrasie, qui ne seront peut-être pas plus faciles à avoir l'un que l'autre. — Mon cher baron, nous les aurons, laissez-moi faire. — Mon Dieu! je ne m'y oppose pas; puisque tu sais bien que cela toujours été le plus cher de mes vœux.

Je savois qu'Euphrasie désiroit prendre le deuil de sa mere, et j'avois prié Eulalie de lui faire faire des robes, qu'on lui apporta pendant que j'y étois. Cette triste parure donnoit à sa physionomie quelque chose de si touchant, que je ne pouvois la voir sans attendrissement, et que je me sentois moins d'empressement pour souper avec mademoiselle S***. Cependant, sans ce souper, je n'aurois point ces fameux papiers; ainsi, par amour pour Euphrasie, il falloit bien que je lui fusse encore infidelle. L'heure de nous séparer sonna, que je croyois ne faire qu'entrer chez M. L***; et je promis de revenir le lendemain dès neuf heures.

Je pensai qu'avant de me rendre chez Eulalie, je devois une visite à T*** et à sa maîtresse. Dès qu'ils me virent, ils me sauterent au col. Et bien, nous vous en avons débarrassé, ce n'est ni ma mere, ni mon oncle qui s'en sont mêlés; c'est T*** qui les faisoit suivre depuis long-tems, et qui enfin les a pris la main dans le sac. Alors je leur racontai mon entrevue avec elle et l'abbé. Rien ne peut les sauver, me dit T***, et dans deux jours ils auront vécu.— Je ne me sens pas, leur dis-je, la générosité de demander leur grace.—On ne vous l'accorderoit pas : un faux monnoyeur est l'être le plus dangereux pour la société; ainsi il faut que justice se fasse. — Souperez-vous avec nous, me dit Cécile? — Non, c'est impossible. J'ai besoin de R***, et on me fait trouver ce soir avec mademoiselle S***. — Ah! c'est la fleur des pois. On ne peut manquer un rendez-vous de cette importance. Vous riez, dis-je à Cécile; je vous assure que ce n'est pas une faveur légere. — On ne s'étonne pas si vous êtes devenu si rare. — Je vous jure que je ne l'ai pas encore vue; et pour prouver que je n'ai nul dessein de faire société avec elle, c'est que je vous demande à souper pour demain. — Vous nous ferez toujours grand plaisir, et je les quittai pour me rendre rue de Provence. En entrant, je vis tout illuminé, et un grand nombre de voitures dans la cour. Je montai dans mon appartement, où Champagne m'attendoit avec mon tailleur. En peu de tems je redevins un agréable.

Monsieur, me dit mon valet, il y a ce soir un concert et un bal. C'est, lui dis-je, fort opposé à la triste cérémonie où je me suis trouvé ce matin; mais enfin il faut bien se prêter à tout; et battant un entrechat, je ne me trouvai pas encore aussi rouillé que je le craignois. Je descendis dans le sallon. Dès que la bonne Eulalie me vit, elle vint au devant de moi, et me présenta à la superbe S***, qui je l'avoue, m'étonna par la régularité de ses traits, et la noblesse de sa taille. C'est véritablement une Vénus de Médicis, mais avec ce dédain qu'ont presque toujours les trop belles femmes. Elle me fit une inclination de tête, et répondit quelques mots entre ses dents, aux choses flatteuses que sa beauté m'inspiroit. Le concert, qui commença, ne permit pas de soutenir la conversation, qui je crois de sa part, n'eût pas été très-animée. La musique fut excellente; et dès qu'elle eut fini, on se mit à table.

B ***, me plaça auprès de la divinité du jour. L'admiration est un sentiment froid, qui dispose moins aux plaisirs, que ces goûts vifs, qui, sans que nous puissions nous en rendre compte, nous entraînent et nous subjuguent; ainsi la très-belle

S***, si je n'en avois pas eu besoin, n'auroit eu de moi qu'un stérile encens. Mais me rappellant Euphrasie, je m'échauffai pour celle dont j'esperois obtenir ce qui pouvoit assurer mon bonheur. Je parlai des services que je demandois, de ceux que je pourrois rendre, et la belle statue s'anima. Le bal, qui suivit le souper, me donna encore occasion de parler de ma passion, l'amour, ces dames ne savent ce que c'est : elle s'humanisa, et elle me dit, que si je voulois lui donner la main pour la reconduire, tout s'arrangeroit comme je le désirois.

Nous sortîmes les premiers du bal : Eulalie le vit et soupira. B*** me prit la main, c'est bien, me dit-il, vous êtes sûr d'avoir tout ce que vous voudrez. Je voulus dès que nous fûmes en voiture prouver à S*** tout l'effet de ses charmes; mais me repoussant, elle me dit, que ce n'étoit pas pour elle une chose si agréable, pour au moins n'être pas le plus à son aise possible; et que l' lit le meilleur n'étoit pas encore tropbon. Ce ton méthodique me parut assez plaisant, et je vis que j'allois faire une nouvelle expérience. jusques-là toutes les femmes que j'avois rencontrées, je parle de celles qui avoient renoncé à la modestie de leur sexe, voloient au devant du plaisir, et celle-ci tout au contraire, se vendoit et se livroit à regret, non par pudeur, mais par indifférence pour les doux biens de la nature ; il falloit donc attendre que nous fussions chez elle. Je crus que le préliminaire le plus important, étoit de déposer mon offrande sur l'autel ; je plaçai donc cinq cents louis sur sa cheminée ; et je ne peux m'empêcher de rire encore, en me souvenant du ton majestueux avec lequel elle dit à celle de ses femmes qui étoit de garde : allez réveiller Suzanne pour qu'elle serre cet argent ; et un moment après je vois entrer cette Suzanne. O pour le coup je ne m'y attendois pas, et elle encore moins. Heureusement que sa surprise la rendit muette, et me donna le tems de lui faire un signe qui lui imposa silence. Comment vous dire que Suzanne, que mademoiselle S *** honoroit de sa confiance, et qui remplissoit chez elle la place importante de trésoriere, étoit la Delbrac! A quel dégré d'avilissement le désordre peut conduire! ce qui ne peut se comprendre, c'est qu'elle ne rougissoit pas de son état, et que la niece de la marquise de Richefort, qui étoit veuve d'uu ancien militaire, ne se trouvoit point déplacée servante de la maîtresse de R ***. S *** ayant passé dans son cabinet avec la compagne de la Delbrac, je restai seul avec celle-ci, et pénétré de la voir dans une situation si abjecte, je lui en demandai la cause.

Vous savez, me dit-elle, que vous me laissates aux prises avec la justice de Strasbourg; elle me fit mettre en prison, où je restai six mois. R *** vint en Alsace avec mademoiselle S *** que j'avois connue autrefois; je lui écrivis un mot, elle fut sensible à mon sort, car c'est une excellente personne. Elle obtint mon élargissement ; et comme en sortant il ne me me restoit absolument que ce que j'avois sur le corps, et que je ne savois où donner de la tête, elle me proposa d'être sa femme de chambre. Je ne crus pas devoir la refuser, et depuis je vis fort tranquille chez elle. Vous voyez, lui dis-je, que j'ai fait fortune, et je vous offre, du meilleur de mon cœur, une existence moins humiliante que celle que vous avez. Je pourrois vous assurer cent pistoles de rente viagere, avec lesquelles vous viveriez. — O je gagne bien plus ici, et S *** est une bien honnête fille, qui me traite comme sa sœur. — Ne vous gênez pas, ce que je vous offrois, j'ai crû le devoir à la mémoire de mon grand-pere ; vous ne le voulez pas, tant mieux, d'autres en profiteront ; la seule chose que je vous demande, est de ne pas me nommer à votre maîtresse, qui ne me connoît que sous le nom de Lullier. — Vous pouvez compter sur ma

discrétion ; et S*** rentrant à c
instant, je n'eus plus aucun rappor
avec cette vile créature, qui sûre
ment végete dans l'opprobre où ell
a pu se plaire. Enfin je me v
admis aux misteres de S***, c'éto
réellement une chose unique. D'a
bord on plaça sur une ottoman
une pile de carreaux, on allum
des cassolettes, on voila les bougies
puis enfin on nous laissa. La curiosit
plus que les désirs me rendoit c
préparatifs ennuyeux. Il n'en fall
pas pour jouir de la vue des charm
de la déesse : tout Paris à su que da
une occasion importante, elle e
donna le spectacle, non-seulemen
à son amant, mais à tous ceux q
étoient admis à sa table. Jamais rie
de plus parfait ne s'offrit à ma vu
et la vicomtesse, que j'avois trouv
si belle, n'étoit rien en compara
son. Je m'estimois heureux d'êt
possesseur de ce chef-d'œuvre de
nature, et rien ne retardant plus n
jouissance, je me flattai de lui fai
partager mes transports ; mais inu
leme

lement j'employai l'art qu'Ovide décrit en vers si doux et si sonores, je n'eus dans mes bras qu'une automate. Les plaisirs, s'ils ne sont partagés, perdent de leur prix, aussi ne me trouvai-je pas ce héros d'amour, qui avoit eu jusqu'alors une si grande réputation. Mais qui eût pu l'être avec une femme dont les regards au plus brûlant de l'action, sembloient dire : vous mourez de plaisir, moi je meurs d'ennui. Je me trouvois donc forcé de reposer, lorsque Suzanne vint dire à la porte, voilà R***. Je ne ressentis jamais un plus grand effroi. S***, sans se déconcerter, me dit, tant mieux, je lui ferai signer ce que vous désirez. — Mais où me dérober aux effets de sa jalousie ? — Dans cette armoire, me dit-elle ; et me voilà gîté d'une manière assez commode, pour imaginer que ce réduit avoit été destiné à cet usage, et que je n'étois pas le premier qui s'y fût trouvé. J'étois assis très à mon aise, et une ventouse pratiquée dans le haut de l'armoire, me donnoit de l'air. Je pris donc le parti d'attendre avec patience. A peine avoit elle ôté la clef, et remis une robe que R*** entra. Le son de sa voix me fit frissonner d'horreur, parce qu'elle étoit extrêmement désagréable. Cependant je prêtai l'oreille, étant très-curieux d'entendre ce qu'ils diroient.

S***.

Te voilà bien tard.

R***.

Je n'ai pas pu venir plutôt. J'étois occupé à faire la liste pour demain. Je voulois qu'il y en eût au moins douze; mais, y compris la Menerville et son abbé, cela n'a pu aller qu'à dix.

S ***.

C'est bien assez.

R ***.

O! j'espere que nous irons mieux par la suite.

S ***.

Fais des listes tant que tu vou

dras, je ne m'en mêle pas; mais je veux que tu emploies Mathurin Lullier en qualité de commissaire pour la levée des scellés d'Agathe Albon, qui est morte à la conciergerie.

R ***.

Tant pis.

S ***.

Pourquoi?

R ***.

Parce que cela ne fait point spectacle.

S ***.

Ah! laisses-moi tranquille avec ton spectacle; et prends-garde d'en servir un jour.

R ***.

Tu es bien hardie de me tenir ce langage; sais-tu que si je me fâchois?

S ***.

Ah! tu ne te fâcheras pas, et tu me signeras la commission que je te demande.

R ***.

Quel est ce Lullier ?

S***.

Un bon patriote, manufacturier d'armes à Corbeil.

R ***.

Tu m'en réponds sur ta tête.

S ***.

Oui.

R ***.

Et bien, nous verrons cela; mais avant, réponds à mes transports.

S ***.

Non.

R ***.

Comment, non !

S ***.

Ma commission, ou rien.

R ***.

Quelle diable de fantaisie ! As-tu du papier, de l'encre?

S ***.

En voilà.

Et je vis au travers des fentes de la boiserie, qu'il expédioit ma commission. Après l'avoir lue, S***. la posa sur sa cheminée, puis elle passa avec le monstre dans sa chambre ; et je pris le parti de dormir dans mon armoire, d'où S*** vint elle-même me tirer le lendemain, et me remit cette précieuse commission.

Je voulus lui en témoigner ma reconnoissance à ma maniere accoutumée. O ! pour celui-là non, me dit-elle, j'en ai eu bien plus qu'il ne m'en faut cette nuit, et je vais me mettre au bain et dormir. Je lui dedemandai la permission de la revoir. Comme vous voudrez, me dit-elle ; mais il faut se partager, et je donne rarement plus d'un rendez-vous à chaque personne qui a besoin de moi; cela ne m'empêchera pas de vous être utile. Vous écrirez à Suzanne, ou vous me le ferez dire par B***, cela reviendra au même. — Me permettrez-vous, mademoiselle, de vous faire une observation. Comment est-il possible que n'aimant point le plaisir, vous ayez tant de complaisance? Je crois toujours, me dit-elle, que je rencontrerai cette volupté que l'on vante tant, et que je n'ai point encore goûtée; c'est ce qui fait que je ne donne, comme je vous l'ait dit, qu'un seul rendez-vous, parce que je n'ai encore trouvé personne qui en valût deux. — Mais R***. — Ah! c'est différent, l'amant qui entretient est un mari, dont il faut bien supporter les caprices. Ceux de cette fille me parurent, malgré sa beauté, si ennuyeux, que je fus fort aise d'en être débarrassé.

Je passai un moment chez mes amis, pour leur montrer ma commission. Puisse, me dit M. d'Albon, ce que nous desirons être vrai. Le souhaitez-vous? dis-je à Euphrasie, en lui prenant la main. Mon cœur, me répondit-elle, est si douloureusement affecté, que je ne puis dire ce que je crains, ou ce que j'espere. — Le tems et ma constance écarteront ces nuages de tristesse, et mon Euphrasie rendra justice à mon amour ; et dans le vrai, je n'avois jamais rien aimé aussi tendrement qu'elle.

Je me rendis à l'hôtel d'Albon, avec quelques hommes dont j'étois sûr. Nous rompîmes les scellés qui étoient sur le secrétaire, où il y avoit un nombre considérable de lettres et de billets. J'en vis de l'écriture de la Menerville, de l'abbé, je les pris tous et les supprimai du procès-verbal, ainsi que le plan de conspiration, et muni de ces pieces importantes, je revins rue Saint-Victor. Nous nous mîmes aussi-tôt le baron et moi à les parcourir ; je n'en rapporterai que deux qui étoient si positives, qu'il ne resta plus aucun soupçon dans l'ame de mon ami.

*Lettre de l'Abbé de ***, à la baronne d'Albon, le 13 février 1783.*

« Je te le répéterai sans cesse, ma douce amie, il n'y a pas à hésiter. Puisque ce malheur est arrivé, il faut te raccommoder avec ton mari, et qu'il soit pere de notre enfant ; comment pourrois-tu t'en tirer autrement, iras tu faire un éclat, te perdre et l'innocente créature que tu portes dans ton sein, tandisque les lois t'autorisent à lui donner un nom, un état? parles-en à ta belle-sœur, je suis bien sûr qu'elle sera de mon avis. Adieu ma petite, menages-toi bien, quoique notre enfant ne puisse porter mon nom, je sens que je l'aimerai à la folie, à ce soir. J'espere que si tu as vu la vicomtesse, je te trouverai plus raisonnable qu'hier. Tout à toi pour la vie ».

L'ABBÉ de***.

Billet de la Vicomtesse à la baronne d'Albon, le 14 *mai* 1783.

Nota. La lettre de la vicomtesse, où elle instruisoit M. d'Albon du rendez vous de sa femme avec moi, étoit du quinze.

« Je vous envoye, ma chere amie, deux clefs de ma petite maison, une pour vous, une autre pour Auguste dont vous allez enfin couronner la timide constance. Je prends part aux plaisirs qui vous attendent : un premier rendez-vous est une chose charmante, sur-tout avec un aussi aimable enfant que le petit cousin ; vous pouvez rester tant que vous voudrez dans cette retraite aussi sûre qu'agreable, ne devant point y aller aujourd'hui. Le duc est à Versailles. Ce qui m'amuse, ce sont les scrupules de notre jeune homme, qui est loin de se douter que vous êtes grosse, et que le baron n'est pour rien dans cette nouvelle maternité. Ce sera fort plaisant au moment de vos couches : lui et mon cher beau-frere, s'én donneront les honneurs, et ni l'un ni l'autre n'en seront coupables. Que la vie est une plaisante chose ! Adieu ma petite sœur, comptez sur ma bien tendre et sincere amitié ».

La vicomtesse de MENERVILLE.

Et bien, dis-je, au baron, vous voyez que je vous avois dit la vérité. Oui mon fils, me dit-il, en m'embrassant, et ma fille est à toi; si tu peux la déterminer à oublier ce que j'aurois voulu qu'elle ne sût jamais. Mais ôtes de mes yeux ces affreux témoignages de l'atrocité humaine; je repris tous ces papiers, et je les jettai au feu, à l'exception de ces deux lettres.

Nous parlâmes ensuite du moyen d'obtenir leur liberté, cela ne sera pas difficile, lui dis-je : ayant soustrait tous les papiers qui ont rapport à la conspiration, la mémoire de madame d'Albon sera blanchie; et vous par conséquent, qui n'êtes arrêté que sur le simple soupçon de complicité, vous serez mis en liberté. La seule chose à présent est de faire lever le séquestre qui est sur votre hôtel, et je vais charger T *** de s'en occuper. Il faut aussi que j'aille à Corbeil, où j'ai des affaires importantes. Je passai dans la chambre d'Euphrasie, à qui je dis que je n'attendois plus mon bonheur que de son consentement; elle soupira, et ne me fit point d'autre réponse.

Iais j'étois sûr d'être aimé, et il 'est point de résolution que l'a- ιour ne renverse. J'allai souper chez ***, comme je lui avois promis ; et lendemain matin je partis pour orbeil, non sans penser à ce que ferois de ma femme constitutio- elle. Le ciel qui vouloit que rien e me causât le plus léger embarras, avoit pourvu : la pauvre fille, car ι sait bien que je ne lui avois pas ιit perdre cette précieuse qualité, enoit de mourir d'une fluxion de oitrine, qui jointe à sa mauvaise onstruction, l'avoit étouffée en eux jours. Flamand et sa femme n étoient fort affligés, et partageant ur chagrins, j'eus l'air décent qui onvenoit à un veuf. On fit les actes, les signai du nom de Mathurin ullier, que je me disposois à uitter sous peu de jours.

Je fis le compte du produit de nos avaux, et mes dépenses payées, me trouvai près d'un million que avois gagné dans mes forges mys- érieuses. C'est assez, dis-je à André, il ne faut pas lasser la fortune qui nous a parfaitement servis. Je vais m'occuper à réaliser cette somme ; dans ce moment, la rareté de l'argent la rend énorme, et nous serons tous heureux. Il faut d'abord que je rentre dans ma belle terre de Vergy, dont j'ai les titres. Flamand, qui va quitter sa manufacture, peut faire les démarches nécessaires, moyennant une procuration que je lui enverrai de Paris. Il faut aussi que j'achette une maison de campagne de soixante mille livres pour mon associée, qui veut devenir honnête femme. Vous vous établirez tous à Vergy, où j'espere, d'ici à un mois, me rendre avec ma famille. Mais jurons-nous de garder le plus profond secret sur le moyen qui a rétabli ma fortune. Nous le jurâmes, et rien jusqu'à présent ne l'a trahi. Je revins à Paris, huit ou dix jours après ; car il m'avoit fallu ce tems pour terminer en entier mes opérations.

André avoit été pendant cet intervalle,

valle, voir M. d'Albon, qui l'avoit comblé de marques de bonté. Il nous rapporta la nouvelle de la mort de la Menerville et de l'abbé d'***, ce qui me laissoit l'entiere liberté de reparoître à Paris, sous mon véritable nom. Mais si j'avois évité la réquisition comme Mathurin Lullier, en épousant Elisabeth, j'allois avoir à la redouter comme Auguste de Vergy : ainsi il falloit que j'obtinsse un congé, sous prétexte de maladie, ce qui n'étoit pas difficile. J'en écrivis d'avance à T***, en lui disant de ne rien épargner pour me le faire avoir. Enfin, je quittai Corbeil, avec le projet de n'y jamais revenir.

En arrivant à Paris, j'allai voir Eulalie, qui ne savoit ce que j'étois devenu. Elle fut très-contente du succès de toutes mes affaires; et lorsque je lui dis que j'avois soixante mille livres à elle, elle n'en pouvoit revenir, et me pressa, puisque je voulois absolument lui faire un aussi beau présent, de me charger de sa rupture avec B***. Je veux avant, lui dis-je, qu'il ait fait mettre mes amis en liberté. Il fallut encore plus de quinze jours pour l'obtenir. Pendant ce tems je me partageois entre mes parens et mes deux anciennes maîtresses, qui, voyant que je n'avois plus d'amour pour elles, s'en tenoient aux témoignages d'une bien sincere amitié. Ce fut pendant ce tems que nous reçûmes des nouvelles de Clermont, qui changerent la situation de Cécile.

Commemouche, qui malgré sa destitution, n'en étoit pas moins enragé, continuoit ses opérations révolutionnaires. Il y avoit dans un vieux château un gentilhomme âgé de soixante-quinze ans, que la goutte retenoit presque toujours dans son lit, ce qui avoit fait qu'on l'avoit mis en arrestation dans sa maison. Commemouche assura qu'il étoit très en état d'être transporté à Clermont; et que si on vouloit le charger du mandat d'arrêt, il ameneroit bien ce vieux reître en prison,

Les freres et amis approuverent, et Commemouche monta un fort beau cheval d'un détenu qui, docile sous son maître, résistoit aux saccades de l'esculape. Il avoit déjà parcouru environ une lieue, non sans penser faire deux ou trois fois séparation avec le fier animal, qui, sentant apparemment l'odieux de la démarche qu'on lui faisoit faire, attendit qu'il fût sur le bord d'un abîme, pour y précipiter son cavalier. Commemouche fut tellement brisé de sa chûte, qu'il ne donna pas signe de vie, quelque prompts que furent les secours qu'on s'empressa de lui administrer. On le rapporta mort à Clermont, où les freres et amis lui rendirent les devoirs funebres avec la plus grande pompe ; et comme il est d'usage parmi cette gente, l'enterrement fut suivi d'un repas splendide, où l'on but à la santé du mort, les vins de l'évêque, que les patriotes avoient acheté à vil prix, qu'ils avaloient, soit Rota, Constance ou Madere, comme ils auroient faitde la piquette. Non-seulement ils s'enivrerent, mais en furent presque tous dangereusement malades ; mais aucun ne se ressentit d'une maniere aussi forte de cette orgie, que le beau-pere du défunt, qui, rapporté chez lui sans connoissance, passa de l'ivresse dans les bras de la mort, au grand regret de tous ses civiques amis. La même lettre annonça sans ménagement ces deux événemens, qui firent un effet bien différent sur la mere et la fille.

Cécile étoit enchantée d'être débarrassée de son mari, et madame Trichet si désolée d'avoir perdu le sien, qu'elle tomba en apopléxie, et ne recouvra la vie qu'en perdant entiérement l'usage de la raison, et resta dans un état d'imbécillité parfaite.

T***, qui aimoit sincérement Cécile, lui offrit de l'épouser, je l'engageai à l'accepter. Ils font très-bon ménage, et je crois même que Cécile lui est presque fidelle. Ils ont soin de la vieille Trichet, qui ne sort point de sa chambre, où elle est servie par une femme qui ne la quitte point.

Enfin B*** m'apporta l'ordre du comité de sûreté générale, qui donnoit la clef des champs à mes bons amis. J'avois terminé l'affaire de la terre de Vergy, et j'en étois propriétaire. Elle n'étoit qu'à quinze lieues de Paris; ainsi il étoit très-facile de nous y rendre, le jour même que mes amis sortiroient; mais avant d'aller les trouver, je voulois décider le sort de ma premiere maîtresse. Je demandai donc à B*** une conversation particuliere. Tenez-vous à Eulalie? lui dis-je. — Pourquoi cette question? mon cher Auguste. — Vous m'avez rendu de si grands services, que je ne voudrois rien faire qui vous contrariât. — Si c'est par rapport à elle, vous êtes le maître de faire tout ce que vous voudrez. Il y a plus de générosité de ma part envers elle, que d'amour, elle n'est plus ni très-jeune, ni très-jolie, et j'en trouverois mille qui me plairoient davantage. — Et bien, je suis chargé de vous dire de sa part, qu'elle désire se retirer à la campagne avec sa famille. — Mais y sera-t-elle heureuse? — Oui, parce que je sais qu'elle a gagné dans une manufacture, où elle est intéressée, une somme capable de lui assurer un sort indépendant. — Mon Dieu! dites-lui que je ne m'y oppose pas, et que j'ajoute à ce qu'elle peut avoir, son mobilier et ses diamans. Je rendis cette conversation à Eulalie, qui en fut comblée de joie. Elle écrivit sur-le-champ à sa sœur, et je la quittai, s'occupant des préparatifs de son départ. Elle me fit promettre que je la viendrois voir tous les ans, et je lui en donnai ma parole.

Je passai chez T*** qui me remit mon congé absolu, et me dit que le séquestre sur l'hôtel d'Albon seroit levé au plutard dans un mois. Ayant ainsi terminé tout ce que je pouvois désirer, je me rendis dans la rue Saint-Victor, où je remis à mon bienfaiteur sa mise en liberté, et par suite celle d'Euphrasie et de madame Duval ; il en fut très-reconnoissant. Mais où irons nous ? me dit-il. — A Vergy. — A Vergy ! et qu'y faire ? Est-ce que vous connoissez celui qui a acheté cette terre, qui étoit depuis trois cents ans dans votre maison ? — Si je le connois ! c'est un mauvais sujet qui a fait bien des folies dans sa vie, mais qui n'en fera plus. — Mais moi je ne le connois pas. — Je vous jure qu'il sera le plus heureux des hommes de vous posséder chez lui ; car il a pour vous l'attachement du fils le plus tendre, et il adore Euphrasie. — Et tu nous menes chez lui ! — Oui sûrement, et sans inquiétude. — Monsieur est modeste. — Non, je suis confiant, et j'ose espérer que ma belle cousine daignera se plaire dans un séjour qui lui appartiendra. — Tout est avec toi problême : est-ce que Vergy est à toi ? — Oui, mon pere. — Ah ! je n'en reviens pas. Je lui montrai l'acte qui me faisoit rentrer dans ce superbe domaine. Allons, mon ami, à Vergy dès qu'il est à toi, je ne sais comment ; mais je te l'ai dit, je connois trop tes principes, pour douter que tu aies rien fait dont la délicatesse puisse être blessée. Ainsi j'accepte avec autant de reconnoîssance de partager ta fortune, que je me plaisois à t'offrir la mienne, quand j'en avois. Euphrasie paroissoit inquiete, rêveuse, et ne se prêtoit point à la joie que nous avions tous. Madame Duval cherchoit à la distraire, mais inutilement. Enfin la voiture arriva, et nous partîmes tous quatre.

M. d'Albon arrivé au comble de ses vœux, me donnoit les témoignages les plus sinceres de sa tendresse.—Eh bien, mon Euphrasie, tu ne nous diras donc rien ? Et ce petit cousin que tu aimois tant, quand je croyois ne pouvoir consentir à ton mariage avec lui, à présent que je le peux et le désire, tu n'en veux plus. Ah ! je vois bien que je suis destiné à être malheureux. Quoi, mon pere, dit-elle, du ton le plus douloureux ; je vous rendrois infortuné ! plutôt m'immoler à vos volontés. Blessé jusqu'au fond du cœur, qu'Euphrasie regardât son union avec moi, comme un devoir pénible à remplir, je m'écriai avec l'accent du désespoir : non, mademoiselle, non je ne souffrirai point que vous vous immoliez. Je vous aime de l'amour le plus tendre, je vous aurois consacré ma vie. L'amour m'a fait faire des miracles, oui des miracles, je puis vous le dire; mais comme je n'ai rien fait que pour vous, je n'en profiterai point ; arrivé à Vergy je pars, et vous ne me reverrez jamais. A l'autre, dit M. d'Albon, es-tu fou de te fâcher contre elle ? Il est bien heureux que cette scene se passe en voiture, car à la chaleur que tu y mets tu serois déja parti. — Pardon, mon digne et respectable ami, je me modérerais ; mais, c'est bien moi, qui depuis que j'éxiste, n'ai pas eu un moment de bonheur, mais cela finira. Euphrasie combattue par l'amour qu'elle avoit cherché inutilement à vaincre, et par ses vains scrupules ne savoit plus ce qu'elle devoit dire ; elle baissoit les yeux, ses levres étoient pâles et tremblantes, et des larmes couloient sur ses joues décolorées. Que vous êtes enfant ! lui dit madame Duval : quoi ! vous adorez votre cousin, il ne tient qu'à vous de l'épouser ; et pour des chimeres que vous vous mettez dans la tête, vous allez nous rendre tous malheureux. Tenez, monsieur, s'adressant au baron, il faut la laisser passer sa fantaisie ; je la connois bien, vous verrez que si vous ne lui en parlez plus, elle sera la premiere à désirer un mariage qui depuis trois ans l'occuppe uniquement. — Ah ! ma bonne amie, que vous êtes méchante de dire..... elle sarrêta et rougit. Mais j'étois fâché, je l'avoue, très-fâché, et ce mot *immoler* ne me sortoit pas de l'esprit. M. d'Albon qui vit bien que nous avions la tête perdue, change de conversation, mais je m'y prêtois avec peine; pour Euphrasie, elle gardoit le plus opinâtre silence.

Enfin nous arrivons, André, Flamand, Jeannette, leurs enfans viennent au devant de nous. Le souper nous attendoit; Euphrasie ne mangea point, et se retira. Dès qu'elle fut sortie de table, M. d'Albon me prit la main : je suis désolé, mon ami, me dit il, du caprice de ma fille, mais je ne crois pas qu'il dure; cependant j'imagine qu'il faut la forcer à connoître son cœur, et qu'il seroit peut être bien fait que tu feignisses de partir, afin que la douleur qu'elle aura de ton absence lui fasse sentir tout l'amour qu'elle a pour toi, que les aveux et la mort de sa mere ont semblé détruire, mais qui n'en existe pas moins. — Ah ! si je pouvois le croire, je me trouverois heureux; mais non, elle ne m'aime plus. — C'est impossible, mon ami, et tu peux t'en rapporter à un pere qui ne veut que ton bonheur et le sien. Je consentis donc à partir le lendemain matin avant qu'elle fût levée ; et me voilà encore courant les grands chemins, quand je comptois me reposer tranquillement dans le sein de l'amour et de l'amitié. Je laissai Champagne, à qui je dis où j'allois, afin que rien ne retardât mon retour, si Euphrasie le désiroit ; et par la force de l'habitude, et pour ne pas m'éloigner, j'allai attendre des nouvelles chez Eulalie, dans son nouveau domaine qui étoit à moitié chemin de Paris. Sa sœur, ses neveux et nieces y étoient déja, et l'attendoient dans la matinée. Quand elle arriva, elle ne fut pas peu surprise de me trouver chez elle. Que voulez-vous ? lui dis je, on ne m'aime plus. Elle traita cette querelle comme madame Duval d'enfantillage, et ne douta pas que je serois bientôt rappellé. En effet dès le soir je reçus une lettre du baron, qui me marquoit que sa fille étoit inconsolable ; et qu'il ne croyoit pas qu'il fallût pousser l'épreuve plus loin.

La bonne Eulalie prit part à ma joie, et m'engagea à partir sur-le-champ. Vous voyez, dit-elle, que grace à vous, j'ai la plus douce existence, et que mes neveux vous devront leur bonheur : puisse le vôtre ajouter à celui que je vous dois. Et quand je pense que c'est ce joli enfant que j'ai reçu dans mon modeste logement du faubourg Saint-Martin, que j'ai retrouvé dans les différentes situations de ma vie, qui m'en procure une si conforme à mon goût, je ne puis m'empêcher d'admirer les coups du sort. Nous nous embrassâmes comme de vieux amis, et je montai à cheval.

J'arrivai en moins de trois heures à Vergy: l'orsque j'entrai, Euphrasie se leva, et vint se jetter dans mes bras. O! mon ami, est-il possible que j'aie pu croire que j'avois cessé de vous aimer. Ah! j'ai trop senti à la douleur qui m'a déchirée, quand on m'a dit que vous étiez parti, que j'étois à vous pour la vie. — Mon Euphrasie, si j'ai retrouvé ton cœur, je suis le plus heureux des hommes. Le baron pénétré de joie nous tenoit dans ses bras, nous arrosoit de ses larmes, et madame Duval étoit au comble du bonheur. Peu de jours après le vieil aumônier du château qui m'avoit vu naître, reçut nos sermens, et nous allâmes ensuite remplir à la municipalité les formes civiles.

Enivré de mon bonheur, j'attendois avec une impatience extrême le moment où je serois possesseur de tan de charmes : il arriva, et pour la premiere fois de ma vie, je trouva ce trésor si rare, et dont la perte ne se répare jamais. Avec quelle volupté je me disois, elle est à moi e nul ne la possédera jamais que moi O amour! ce n'est que dans les bra de l'innocence que l'on peut goûte tes charmes. Rien n'avoit pu m donner l'idée du bonheur dont j jouis dans cette nuit fortunée, qu se renouvelle sans cesse dans notr heureux ménage. Six ans se son écoulés depuis ce moment qui a v finir toutes mes peines, et ces six années sont toutes marquées par les plaisirs. Quatre enfans qui en sont le gage ajoutent à mon bonheur et à celui de mon digne ami qui se voit renaître en eux. Notre tante de Lyon est venue nous trouver, quand elle a été forcée de quitter l'abbaye de Saint-Pierre. André et sa famille sont parfaitement heureux à Vergy, dont ils sont régisseurs.

Du consentement d'Euphrasie, j'ai fait transporter le mausolée de madame de Metelbourg dans l'église de Vergy, où ses cendres reposent. Nous allons tous les ans M. d'Albon et moi voir la bonne Eulalie, qui vit heureuse au sein de sa famille, dont les soins ont presque doublé sa métairie.

Longpré à qui j'adresse ces mémoires, est rentré, grace à la douceur du gouvernement actuel. Il vient nous voir de tems en tems. J'ai été assez heureux pour lui être utile à réparer le désordre que son émigration avoit causé dans sa fortune. Il est marié à une femme très-aimable. Le major a épousé Julie ; et Champagne ayant retrouvé Dupré, m'a demandé la permission d'en faire sa femme, ce que je n'ai pu lui refuser.

Rentrés dans la propriété de l'hôtel d'Albon, nous passons trois mois à Paris, où je vais de tems en tems voir T**. Sa femme se souvient encore d'Auguste, quoique j'aie complettement oublié Cécile. — Et bien, est-ce là tout ce que vous avez à nous dire ; et vos forges dont vous devez nous expliquer le mystere ? — Ah ! je l'oubliois. Mais pourquoi vouloir l'apprendre ? vous n'en tirerez pas grand parti ; car il n'y avoit que ce moment-là où cette déconverte pût être utile ; mais puisque vous voulez le savoir, voilà le mot de l'énigme.

Je n'ignorois pas qu'on faisoit de l'or, mais qu'il coûtoit beaucoup plus cher qu'on ne pouvoit le vendre. Je réfléchis que par la baisse des assignats, je me procurerois les matieres premicres infiniment au dessous de leur valeur. J'établis dans la maison d'André une prétendue manufacture qui servoit à cacher l'emploi considérable de charbon qu'il falloit consumer. L'once d'or par ce moyen me revenoit à vingt francs au plus; ainsi je gagnois quatre cents pour cent. En trois mois je me suis enrichi, et suis parvenu avec cet or dont vous m'avez tant entendu parler, à rendre la vie et la liberté à tout ce que j'aime. L'amour, la reconnoissance et l'amitié m'inspirerent ce projet, dont le succès a fait tout mon bonheur.

Fin du Quatrième et dernier Tome.

Imprimé en France
FROC031705200120
23227FR00022B/308/P

9 782329 361482